KB103874

보르헤스에 대한 알려지지 않은 논쟁

보르헤스에 대한 알려지지 않은 논쟁

이 치 은
소 설

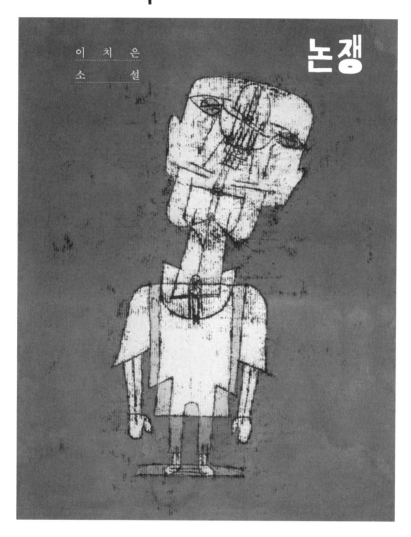

알렙

차례

보르헤스에 대한 알려지지 않은 논쟁

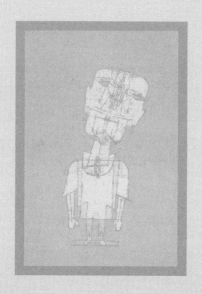

이제 나는 과거가 아닌 미래를 기억하고 싶다.
── 호르헤 루이스 보르헤스

1996년, 호르헤 루이스 보르헤스(Jorge Luis Borges, 1899~1986)가 사망한 지 10주기가 되던 해에 그에 대한 알려지지 않은 작은 논쟁이 있었다. 서거 10주기를 맞는 거장에 대한 논쟁이라는 시의성(時宜性)에도 불구하고 그 논쟁이 세간의 주목을 받지 못한 것은 첫째, 부분적으로는 논쟁의 내용 때문이었다. 보르헤스의 문학관-세계관-정치관에 대한 논쟁이었으면 모를까, 마지막 소원에 대한 논쟁이라니, 여배우의 추문을 캐는 르포 기사와 별반 다를 바 없이 들렸다. 심지어 논쟁의 당사자였던 아르헨티나 비평가 루이스 엔리케 벨마르(Luis Enrique Belmar)마저 자신의 기고문에서 '지나치게 지엽말단적이지만', '말꼬리를 붙들고 늘어진다는 인상은 주고 싶지는 않지만' 같은 사족을 무의식중에 반복했을 정도였다(나중에 설명하겠지만 실제 그는 문자 그대로 '말끄트머리'를 부여잡았다). 두 번째로는 논쟁을 촉발시킨 장본인, 안드레스 세페다 세페다(Andrés Cepeda Cepeda), 일명 엘 돈셀(El Donsel, 일명 소년)의 침묵 때문이었다. 논쟁은 이를테면 연필로 그린 따귀요, 바람으로 만든 풍향계요, 말[言]로 벌이는 전투인데, 자신도 모르게 검투장에 한 발을 들여놓게 된 엘 돈셀이 정작 벨마르의 무례한 일격에 가타부타 대답을 않자 논쟁은 혹은 그 논쟁에 대한 관심은 그 열기가 급속도로 식어버렸다. 페루와 칠레를 오가며 다수의 작품을 발표했던 시인이자, 타협을 모르는 국가주의로 악명 높았던 잡지 《파노라마》와 《강철 심장》의 창간 멤버이자, 말로 하는 싸움이든 주먹으로 하는 싸움이든 단도로 하는 싸움이든 단 한 번도 싸움에서 석연찮게 물러난 법 없기로 유명했던 엘 돈셀의 침묵은 어느모로 봐도 부자연스러웠다.

결투의 시작을 여는 흰 장갑은 엘 돈셀이 아르헨티나의 대표적인 페론주의 잡지 《남반구 문학》에 기고한 「거장의 죽음과 잊지 말아야 할 숙제들 — 보르헤스의 10주기에 부쳐」라는 소논문이었다. 이 7페이지 남짓한 소논문은 그가 일생 동안 발표한 글 중에서 가장 긴 글이었다(물론 시'집'이나 에세이'집' 같은 짧은 글들의 모음은 제외하고 말이다). 그는 '긴' 글들을 혐오했다. 현역 군인이 쓴 것이 틀림없다는 엉뚱한 평을 받아야 했던 그의 처녀시집 『웅얼거리지 말고 크게 말하라』에 들어 있는 20편 남짓의 시들 중 그 어느 편도 30행을 초과하지 않았다. 20년 지기인 에르네스토 페레스 마손(Ernesto Pérez Masón)과는 그가 장시(長詩)를 썼다는 이유로 절교를 선언했다는 믿기 힘든 일화도 있다. 그는 한 치의 거리낌도 없이 소설을, 특히 장편소설이란 장르 자체를 (그리고 장편소설 작가를) 비난했다. 훗날 칠레의 소설가 로베르토 볼라뇨(Roberto Bolano)가 초판 발행 기준 1375페이지였던 대작『2666』을 발표하자, 그는 "이렇게 따분한 글을 쓰기 위해 이렇게 많은 나무들을 죽였다는 건 범죄다", "그가 자신이 무엇을 썼는지 전혀 기억하지 못하고 있다는 데에 내 콩팥 두 쪽을 다 걸 수 있다"와 같은 원색적인 비난을 아끼지 않았다.

하지만, 엘 돈셀은 예외적으로 소설가 보르헤스를 사랑했다(시인으로서는 아니었다. 그는『부에노스아이레스의 열기』를 비롯한 보르헤스의 시집들을 읽을 가치가 전혀 없는 활자들의 무덤이라며 '마리화나처럼 끊기 힘든 대가의 고약한 버릇'으로 간단히 규정지어 버렸다). 그는 에드가 앨런 포(Edgar Allan Poe), 브루노 슐츠(Bruno Schulz)를 보르헤스와 더불어 그럭저럭 참고 읽어 내려갈 수 있는 짧은 '소설'들을 쓴 작가로 분류했다. 그는 보르헤스의 1960년작『제조자(El Hacedor)』에 수록된 짤막한 단편들에 열광했고, 특히나 이번 소논문에서는『제조자』에 수록된 두 짧은 글들,「궁전의 우화」와「하나의 글자로 만들어진 책과 하나의 기호로 만들어진 지도」를 거론하며, 이 두 작품을 "시가 늘 해내고 싶었지만 한 번도 제대로 해내지 못했던 것을 시보다 더 멋지게 해낸" 작품이라며 그로서는 예외적인 기다란 수식어구를 사용하여 극찬했다. 거기서 마쳤다면 이 사소한 논쟁은 태어나지 않았을 것이다. 사달은 「거장의 죽음과 잊지⋯⋯」의 마지막 문단이었다(그래서 벨마르는 논문의 꼬리를 덥석 잡은 모양이 되었다).

여전히 우리에게 보르헤스는 끝없이 이어져 있는 벽이다. 단, 그것은 문 없는 벽이다. 우리들은 보르헤스의 '안'으로 들어가기 위해 쉬지 않고 문을 찾았지만 아직 누구도 그 '문'을 발견하지 못했다. 거론하기도 창피스러운 일이지만 우리 시대의 몇몇 초현실주의자나 유미주의자들 그리고 바이러스보다 해로운 무정부주의자들은 이제 보르헤스의 '안'이 존재하지 않는다고 선언하기에 이르렀다. 참으로 개탄스러운 일이다. 하지만 나는 감히 보르헤스라는 무한히 긴 암호를 풀 수 있는 열쇠말을 찾았다고 자부한다. 보르헤스의 마지막 소원은 우리가 고귀하고 올바른 신념[1]으로 무장된 책들만 허락된 새로운

----

1 《남반구 문학》의 편집장 헤링 라소에 의하면 엘 돈셀이 보낸 초고에는 '올바른' 뒤에 '국가주의'라는 하나의 수식어가 더 있었다고 한다. 헤링은 엘 돈셀의 심기를 건드리지 않기 위해 그에게 통보하지 않고, 이 단어를 삭제한 채 잡지에 글을 실었다. 다행히 엘 돈셀로부터 아무런 항의도 없었는데, 그 의도적인 누락을 '소년'이 깨닫지 못했거나, 오히려 그 생략이 운율에 맞는다고 생각했거나, 둘 중의 하나일 것이다.

바벨의 도서관을 세워 우리 후손들에게서 정신적 불구의 징표인 공산주의, 연방주의, 그리고 경제–기술 제일주의의 나쁜 싹을 뿌리째 도려내는 것이 아닐까?

논문의 마지막을 장식하는 '소년'의 확신에 찬 질문 아닌 질문이 혈기왕성한 청년 비평가 벨마르의 전투혼을 불러일으켰다. 1971년생인 벨마르는 노시인이 문제의 소논문을 수상쩍은 잡지에 발표했을 때 고작 24살이었다. 소논문을 읽은 후 그의 첫 번째 반응은 《남반구 문학》 편집실에 전화를 거는 일이었고 평소에도 항의 전화를 응대하는 데 업무 시간의 절반 이상을 할애해야 했던 편집장 헤링과 장장 30분에 걸친 갑론을박을 펼쳤다. 전화를 끊기 전 그가 마지막으로 던진 비명은 다음과 같았다.

"당신들이 창조한 건 남반구 문학이 아니야. 나치 문학이라구."

벨마르는 노시인 엘 돈셀과 달리 긴 글들을 사랑했다. 친구들이 만화책이나 TV 축구 중계에 넋을 빼앗기거나 조금 더 머리가 굵은 축들이 기집애 치맛자락을 쫓아다니기 시작할 10대 초, 그는 『안나 카레니나』, 『몽테크리스토 백작』 등을 섭렵했고, 독일어로 로베르트 무질(Robert Musil)의 『특성 없는 남자』를, 영어로 토마스 핀천

11

(Thomas Pynchon)의 『중력의 무지개』를 읽는 데 방해가 된다고 고
등학교를 중퇴했다. 그는 '긴 책 읽기' 분야에 있어 20세기 말 아르
헨티나의 대표 신동이었다. 20대 초에는 보르헤스의 단편들이 수
시로 실렸던《수르(Sur)》지에 「『장미의 이름』에서 움베르토 에코
(Umberto Eco)가 저지른 중세 교회사에 대한 치명적인 오류들」이
라는 글을 실어 그가 얼마나 방대한 지식을 가지고 있으며 그 지
식을 과시하기 위해 얼마나 지엽말단적인 사실에 매몰될 수 있는
지 훌륭하게 증명했다. 그 후에는 사모라(Augusto Zamora)와 더불
어《붉은 장갑》²이라는 초현실주의 잡지를 창간했다. 1995년 봄에
발간된 창간호의 부제(副題)는 「'O'가 없는 10월」이었고, 세 명의
시인과 두 명의 소설가 그리고 두 명의 평론가(이 평론가 중 하나는
두말 할 것도 없이 벨마르였고, 나머지 한 명의 평론가는 언급된 두 명의
소설가 중 하나이기도 했다)가 기고한 총 21편의 글에는 모두 알파벳
'O'가 없었다.³

    벨마르의 반격은 1996년 여름에, 그러니까 북반구의 겨울에 발

2 《붉은 장갑》은 이탈리아 초현실주의 화가 조르조 데 키리코(Giorgio De Chirico)의 「사랑의 찬
 가」(1914)에서 따온 것이다. 아폴론의 석고 두상과 옷에 걸린 붉은 장갑, 그리고 초록색 구가 나
 란히 병치된 이 기념비적인 그림은 화가의 의지나 허락과는 상관없이 《붉은 장갑》 창간호의 표
 지를 장식했다.
3 〈잠재태 문학의 공동 작업실(Ouvroir de Littérature Potentielle)〉이라는 긴 이름의 그룹(약어,
 OuLiPo)에 속해 있던 프랑스 소설가 조르주 페렉(George Perec)은 1969년에 이미 알파벳 'e'를
 뺀 장편소설 『실종(La Disparition)』을 쓴 적이 있다. 틀림없이 벨마르와 사모라, 그리고 창간호
 에 참여했던 모든 필진들도 이 사실을 알고 있었을 것이다.

간된 《붉은 장갑》 4호에 실린 「보르헤스의 마지막 소원에 대한 「1983년 8월 25일」적인 상황」이라는 기고문을 통해서였다. 이 기고문의 내용을 한 문장으로 축약하자면 엘 돈셀과 엘 돈셀이 쓴 글에 대한 가차 없고도 집요한 비난이었다. 공이 울린 후 주먹을 살짝 맞부딪치며 서로에게 존경을 표하는 권투 선수의 의례적인 몸동작도 없었다. 시작하자마자 벨마르는 강력한 어퍼컷을 날렸다.

나는 편식가로 유명한 엘 돈셀이 과연 『바벨의 도서관』을 읽어보기나 했는지 정히 의심스럽다. 『바벨의 도서관』은 스물다섯 개의 알파벳이 만들 수 있는 모든 조합으로 이루어진 무한대의 책을, 결코 한눈에 파악할 수 없는 규칙으로 —— 그곳에 유일한 규칙이 있다면 그것은 우주에 존재하는 단 하나의 질서, 바로 혼란일 것이다 —— 배열한 끝이 없는 혹은 가장자리가 없는 공간이다. 바벨의 도서관에는 노시인이 말한 '고귀하고 올바른 신념으로 무장된 책'들도 있을 것이다. 아니 틀림없이 있다. 그곳은 존재하는 모든 것을 담는 그릇이니까. 하지만 그런 책들'만' 존재한다면 그것은 바벨의 도서관이 아니다. 책들에게 주어질 수 있는 가장 가혹한 운명이라면 여태껏 사람들은 진시황의 분서갱유나 레이 브래드버리의 「화씨 451」 등을 떠올려왔다. 나는 감히 노시인이 주장한 '고귀하고 올바른 신념으로 무장된 책들만 허락된' 사이비-바벨의 도서관이야말로 책들에게 있어 제1의

13

지옥이라고 주장하는 바이다.

그러고 나서 뻴마르는 엘 돈셸이 평생 쓴 시에 대해 현미경 같은 눈으로 미묘한 결함을 혹은 결함의 씨앗을 발견하고, 메스 같은 혓바닥으로 그 결함을 수술대 위에 펼쳐놓고 때로는 배양까지 한 뒤, 중상모략과 다름없는 강산(强酸)의 비난을 무자비하게 뿌려댔다. 그는 기고문의 마지막을 보르헤스의 「1983년 8월 25일」을 교묘하게 끌어들여 마무리짓는다.

만약 노시인께서 제 문제제기에 정면으로 반박하며 『바벨의 도서관』을 읽었다고 주장한다면 ─ 나는 그가 주장할 뿐만 아니라 실제 읽었을 가능성도 상당하다고 인정한다 ─ 나는 이런 질문을 진지하게 던져보지 않을 수 없다. 그가 읽은 『바벨의 도서관』과 내가 읽은 『바벨의 도서관』이 과연 같은 책일까? 자신의 사후에 이런 논쟁이 벌어질 줄은 추호도 몰랐을 보르헤스가 쓴 말년의 대표작 「1983년 8월 25일」은 시간과 주체의 동일성에 대한 새로운 접근 방식을 우리에게 제공한다. 그 멋진 단편에서 보르헤스는 예순한 살의 보르헤스와 여든네 살의 보르헤스가 조우하는, 불가능한 공간─상황을 제시하며 독자에게 이런 질문을 슬며시 꺼내 보인다; '과거의 나와 현재의 나, 그리고 미래의 나는 과연 같은 존재인가?', '시간이란 매질은 연속적인가?', '어제의 나를 오늘의 내가 기억하는 행위를 우리는 당연하게 받아들일 수 있는가?' 나는 보르헤스를 흉내 내어 이런 질문을 던져본다. 그가 말하는 '보르헤스'와 내가 말하는 '보르헤스'가 진정 같은 존재일까? 혹시 그의 보르헤스와 나의 보르헤스는 「1983년 8월 25일」속 다른 시간에 속하는 두 자아처럼 완전히 이질적인데 우연히 시간의 주름이 잘못 접히는 바람에 공간이 부분적으로 겹쳐 이런 재앙에 가까운 혼동을 낳게 된 건 아닐까? 그렇다면 그가 주장하는 보르헤스의 마지막 소원과 내가 주장하는 보르헤스의 마지막 소원이 그토록 다른 것도 명쾌하게 설명이 된다.

내가 감히 추측하는 보르헤스의 마지막 소원은 이런 것이다: 마흔 살 즈음에 이미 상실한 시력을 되찾아 그가 생전에 그토록 좋아하던 길버트 키이스 체스터튼의(Gilbert Keith Chesterton)의 「허드슨 박사의 결투」를 귀가 아니라 눈으로 다시 한 글자 한 글자 읽어 내려가는 것. 만에 하나 그 책이 아니라면 십중팔구 'Nevermore'라는 아홉 개의 알파벳이 만든 가장 아름다운 단어가 살고 있는 에드가 앨런 포의 「갈가마귀」일 것이다.

벨마르는 자신의 글이 마음에 들었다. 특히 '시간의 주름'이란 말이 유독 그에게는 각별했던 것 같다. 2년 뒤쯤 발표된 그의 비평집에 '시간의 주름'이라는 제목을 붙이려다 편집자의 격렬한 반대에 뜻을 꺾고 말았다는 소문도 있었다. 벨마르는 자신의 글이 엘돈셀의 마음에 들지 않기를 바랐다. 그런 게 진정한 논쟁-결투인 법이니까. 그래서 자신의 수(手)에 격분한 상대가 이성을 잃고 맹렬히 반격해 오기를 간절히 바랐다. 그런 게 진정한 논쟁-결투인 법이니까. 하지만 우리의 늙은 소년에게서는 아무런 대꾸도 없었다. 그렇게 그 두 편의 글로 전투는 시시하게 막을 내렸다. 아니, 느닷없이, 아예 시작다운 시작도 없이, 중지되었다.

하지만 그 휴전은 영원하지 않았다. "무한한 시간 속에서 가능한 수열의 수가 한정적이라면 세계는 반복된다."라는 보르헤스의 주장처럼, 벨마르와 소년이 다시 조우하는 데 오랜 시간이 걸리지 않았다. 무대는 2003년 6월 14일, 멕시코의 멕시코시티에서 열린 제1회 라틴아메리카 작가 대회였다. 파울로 코엘료(Paulo Coelho)를 발굴하여 천문학적인 부를 거머쥐게 된 하퍼콜린스 출판사가 야심차게 기획한 이 대회에는 라틴아메리카에서 가장 유명하다는 소설가, 일인다역으로 유명한 배우, 국제적인 창녀, 시인, 정체가 수상한 뚱쟁이에 비평가와 극작가 그리고 동성연애자까지 무려 500명 이상의 문인이 초대되었다. 초대받지 못한 문인 한 명이 라플라타 강에 투신을 했다는 웃지 못할 이야기까지 떠돌았다. 대회는 전체적으로 난장판이었다. (하기는 이 난장판이 출판사의 의도-기대와 달랐다고 누가 장담하겠는가?) 사전에 기획되었던 모든 소모임과 토론회와 공연과 낭송회는 하나도 제대로 진행되지 않았고, 술값으로만 원래 잡아둔 예산의 10배를 넘는 5억 원이 지불되었다는 보고도 있었다. 부상자가 5명이었는데 대부분 날카로운 흉기에 의한 것이었다. 다행히 살해된 사람은 없었지만 실종자가 하나 있기는 했다.

벨마르는 초대장 맨 뒤에 금박으로 새겨진 초대된 문인들의 목록에서 엘 돈셀의 이름을 보았다. 그의 퇴화된 더듬이는 다시 전쟁이 재개될지 모른다는 희미한 전조에 바르르 진동했다. 벨마르는 대회 이틀째 밤, 독한 술과 여러 가지 방언들로 빚어진 욕설들과 검은색 원피스의 웨이트리스들에 대한 공공연한 성희롱과 과녁이 불분명한 주먹질과 아무도 듣지 않는 즉흥시 낭독과 박자가 맞지 않는 춤과 야유의 의도가 분명한 짧고 높은 휘파람과 천장을 저공비행하던 은접시와 국가와 국가 간의 자존심 싸움으로 뒤죽박죽 엉망진창이 된 '남반구 작가들의 즐거움'이라는 만찬장을 홀로 빠져나와 이름 모를 작은 광장에 도달했다. 광장 중앙 분수에 빈 술병을 띄워 취한 배를 만들었다. 거기서 벨마르는 우연히 늙은 '소년'을 만났다. 별은 있지만 달은 없는 칠흑같이 캄캄한 밤이었다.

"자네 아직도 나를 피하는 건가?"

"아니오."

고원의 밤은 쌀쌀했지만 막연한 전쟁에 대한 예감이 벨마르의 심장을 데웠다.

"그럼 다행이군."

하지만 그는 허망하게 끊어진 결투를 어떻게 다시 이어나가야 할지 몰랐다.

"자넨 왜 내가 자네의 무례한 글에 답하지 않았는지 궁금했지?"

"……."

"나는 시인이네. 자네와 다른 종(種)이지. 말하자면 자존심으로 조립된 존재라네. 하지만…… 사실은 존중하지."

"그렇다면 자신의 패배를 인정하시는 건가요?"

벨마르는 이 늙고 허약해진 자신의 결투 상대가 마른 무릎을 꿇고 순순히 패배를 인정하는 대신 다시 한 번 전심전력을 다해 자신에게 달겨들기를 진심으로 바랐다.

"내가 틀렸다는 건 깨끗이 인정하네. 그렇지만 자네의 승리를 인정할 수는 없어."

"그렇다는 얘기는……."

"보르헤스의 마지막 소원에 대해서는 우리 둘 다 틀렸네. 자네가 나를 어떻게 생각할지 몰라도 나는 행동가라네. 시인은, 아니 훌륭한 시인은 대개 그렇지. 나는 내가 알고 있는 지인들을 죄 쑤석거려 보르헤스의 마지막 부인이자 공식적인 미망인인 마리아 고타마를 만났다네. 자네도 알겠지만 보르헤스는 죽기 한 달 반 전, 아흔이 가까운 나이에 이 일본계 아르헨티나 여성과 결혼했지."

분하다는 생각 대신 감탄하는 마음이 그의 담낭과 췌장 사이에서 꿈틀댔다. 이상한 일이었다. 고원의 낮은 기압과 데킬라 탓일 거라 그는 여겼다.

"저도 잘 알고 있습니다. 맞아요, 여사님은 장례식을 마치고 나서 곧바로 산티아고로 이주하셨다고 들었어요. 다행이네요, 도쿄까지 날아가지 않아도 돼서요."

"비꼬지 말게나. 그런데 여사는 산티아고에 없었네. 발라파이소로 옮겨간 뒤였지. 그때 내게는 내 추측이 맞을 거라는 무쇠보다도 단단한 확신이 있었어. 그 쇳덩어리를 가슴에 품고 한달음에 여사를 찾아갔지. 자네가 틀리고 내가 맞았다는 걸 증명할 셈이었어. 그런데 여사는 내가 틀렸다고 선언했네."

"실망이…… 크셨겠네요."

"자네의 지금 기분은 어떤가? 여사는 내가 틀렸다는 걸 알려주었고, 나는 지금 자네가 틀렸다는 걸 알려주고 있어. 끈질긴 데자뷔지. 자네는 어떤가?"

"비평가는…… 처음부터 사실로 조립된 존재지요. 저 역시 사실을 존중합니다."

그는 매우 어른스럽게 자신의 패배를 받아들이고 있다는 느낌이 들었다. 역시 고원의 낮은 기압이 몸에 끼친 미세한 변화 덕분일 수도 있었다.

"여사가 얘기해 주었지. 보르헤스의 마지막 소원은 기억을 잃는 것이었다네."

"잘 이해가 안 가는데요. 보르헤스라면 자신이 읽었던 책들의 기억으로 바벨탑을 쌓아올려 그 속에서 평생 살아온 사람이 아니던가요? 그런 사람이 기억을 잃고 싶어했다구요?"

"독서를 위해서였다네. 진정한 독서를 위해서 그는 기억을 잃고 싶었던 거라네. 그건 미처 생각하지 못했어…… 나는 그의 쾌락주의자적인 모습만 머릿속에 넣고 있었네. 그 범주에 맞지 않는 모습은 마치 프로크루스테스처럼 잘라버리거나 늘여버렸던 거지."

벨마르는 비뚤어진 신념을 끝까지 밀어붙이던 늙은 시인이 아니라 자신의 잘못된 판단을 고백하는, 막 큰돈을 손해 본 주식 중개인 앞에 앉아 있는 기분이었다.

"그럼…… 이런 건가요? 기억을 잃고 자신이 그토록 좋아했던 글을 다시 새롭게, 완전히 처음 보는 사람의 눈으로 새롭게 읽고 싶었다는 건가요?"

"그게 일반적인 비평가의 시각이지. 한계이기두 하구."

엘 돈셸은 담배를 피워 물었다. 담배연기가 후광처럼 노시인을 에워쌌다.

"모든 작가는 항상 자신의 덜 지적인 제자로 끝나는 법이지."

"「1983년 8월 25일」에 나오는 구절이지요."

"맞네. 사람들은 왕왕 보르헤스의 그 말이 타인을 겨냥한 것이려니 하고 오해를 하지. 하지만 틀렸네. 보르헤스는 자신의 말로가 덜 지적인 제자 수준이 아니라 평범한 아류나 모자란 표절자 혹은 후안무치 멍텅구리 변절자로 몰락하지 않을까 전전긍긍했다네. 믿을 수 없겠지만 말이네."

그날 밤 벨마르는 아무리 놀라운 일이 일어나도, 예를 들면 푸른 호랑이가 이 광장에 나타나 딸꾹질을 할 때마다 토끼를 토해낸다 해도 놀라지 않을 것 같았다.

"그걸 믿는다고 해도 그게 기억을 잃는 것과 무슨 상관이 있죠?"

"누구도 눈물이나 비난쯤으로 깎아내리지 말기를 / 책과 밤을 동시에 주신 / 신의 경이로운 아이러니를."

"「축복의 시」의 첫 번째 연이지요. 1955년 페론 정권이 물러나고 국립도서관장이 되고 이듬해에 시력을 잃은 후에 쓴 시지요."

"자네의 기억은, 기억의 천재 푸네스에 못지않군. 푸네스는 자신의 기억이 세계가 생긴 이래 모든 사람이 가지고 있는 기억의 양보다 더 많을 거라고 장담했지. 하지만 예수보다도 일찍 죽었어. 미안 미안, 내가 보르헤스에 너무 취했나 보네. 다시 본론으로 돌아가지. 자네는…… 자네는 비평가라 이해하기 쉽지 않을 거야. 어떻게 설명해야 좋을까?…… 그러니까 소설가나 시인은…… 타인의 책이라면 모든 게 자네와 똑같네. 우리도 타인이 쓴 책을 읽을 수 있거든. 게다가 우리는 타인의 책에 늘 배고파 하지. 보르헤스처럼 어둠이라는 형벌을 받는다 해도 책 읽기는 멈출 수 없지. 쾌락에 떠밀려서든 신성한 의무감에 매여서든 책 읽기는 계속되는 거야. 여기에 불행한 예외가 있네. 우리는 자신이 쓴 책을 읽을 수 없다네. 불가능한 명령이지. 이해가 가나?"

벨마르는 전혀 이해할 수 없었지만 전혀 부끄럽지 않았다.

"우리도 우리가 쓴 책을 읽으려 한다네. 하지만 타인의 책을 읽을 때와는 목적이 달라. 쾌락이나 의무가 아니라, 우리는 우리가 쓴 글이 타인들의, 그리고 나 자신의 비난을 받아 마땅한 책이 아닐까 하는 두려움에서 우리의 책을 읽으려 한다네. 보르헤스도 마찬가지였고 말이네. 하지만……."

광장 중앙 분수의 한가운데에는 반쯤 기울어진 물병을 들고 있는 벌거벗은 소년이 화려한 꽃들이 치렁치렁 감긴 네 개의 원기둥 위에 서 있었다. 소년의 오른쪽 귀 뒤편 하늘이 서서히 열어지기 시작했다. 벨마르는 그 순간, 아침이 더디게 오기를 간절히 기도했다.

"타인의 책과 밤(los libros y la noche)을 신이 보르헤스에게 선물했던 것처럼, 신은 모든 '제조자(El Hacedor)'에게 자신이 쓴 책과 기억력을 선물했다네. 우리는 우리의 기억력 때문에 우리가 쓴 글을 못 읽는 거야. 아무리 객관적으로, 아무리 타인인 척하고 읽으려 해도, 그 문장들이 기억나는 거야. 내가 왜 그 단어를 골라서 정확히 '거기'에 집어넣었는지, 내가 독자들의 어떤 반응을 기대하고 그 문장을 썼는지, 그리고 살아남은 문장 대신 지워진 문장들은 어떤 것이었는지, 다 기억이 나는 거야. 그런 기억들이 자신의 책 읽는 행위 자체를 불가능한 것으로 바꾸어놓는다네. 느끼기도 전에 기억이란 이름의 밤이 찾아오는 거야. 그게 작가에게 주어진 형벌이지. 우리는 사생아나 기형아를 낳지는 않았을까 평생 전전긍긍하며 살아야 하는 존재야. 우리는 기억력을 준 가혹한 신과, 아첨쟁이나 철천지원수로밖에 구분되지 않는 이웃들 사이에서 살고 있네. 그래서 보르헤스는 차라리 기억을 잃고 자신이 쓴 책들을 다시 읽고 싶었던 거야. 자신이 계속해서 사람들 앞에서 얼굴을 들고 다닐 수 있는 작가인지, 아니면 덜 지적인 제자인지, 아류인지, 표절자인지, 변절자인지 용기 있게 확인하고 싶었던 거지."

비로소 엘 돈셀의 기나긴 이야기가 끝났다. 그는 이야기를 시작할 때보다 한층 더 늙고 또 왜소해 보였다. 벨마르의 머릿속으로 보르헤스의 또 다른 문장이 날아들어왔다.

모든 우연한 만남은 미리 약속된 것이고,

모든 굴욕은 참회이고,

모든 실패는 신비로운 승리이다.

아쉽게도 벨마르는 그 문장의 원전을 기억해 내지 못했다. 취한 배를 띄운 분수에 담긴 물들이 어린 햇빛의 지휘에 맞춰 일제히 반짝대기 시작했다.

페스타이올로의 집

집은 거주하기 위한 기계다.
——르 코르뷔지에

아내는 그 집이 자신을 닮아 늙었다고 했다. 뿐만 아니라 그 집에서는 모든 게 너무 빨리 늙어버린다고 했다.

집이 늙는 게 어디 있어요? 낡을 수는 있어두.

이 집에 이사오기 전까지는 나도 그렇게 생각했어. 그런데 그거 알아? 이 집에서 늙지 않는 건 너뿐이야.

그렇게 말하고 아내는 웃었다. 입은 웃는데 눈은 웃지 않는 웃음. 그런 웃음 뒤로는 우리들의 대화가 좀처럼 잘 이어지지 않는다. 억지로 이어붙이려다 몇 번 아내가 폭발했다. 마지막으로 아내가 폭발했을 때 식탁을 덮고 있던 유리판이 산산이 부서졌고 아내의 팔 안쪽이 기다랗게 찢어졌다. 피가 흐르는 팔을 삶은 손수건으로 칭칭 동여 지혈을 하고 아내는 혼자 병원에 다녀왔다.

　저도 갈게요. 그 손으로 운전은 안 돼요.

　됐어. 집에 누가 올지 몰라. 그냥 여기 있어.

　그날, 아내가 새벽녘에 돌아올 때까지 아무도 집에 오지 않았다.

　그 집 앞에는 작고 깨끗한 시내가 흐른다. 복사뼈가 간신히 잠기는 얕은 개울이지만 3년 전 여름 큰 가뭄에도 물이 마르지 않았다. 집 뒤로는 경사 느긋한 언덕이 있어 조금 더 낡은 집들을 끼고 200미터 정도 올라가면 시멘트 포장이 뚝 끊기는 곳에 커다란 바위가 누워 있고 그 바위 뒤로 아무도 살지 않는 빈 집이 있다. 그 앞에는 가늘게 흐르던 도랑이 잠시 쉬어 가는 웅덩이가 있는데, 가끔 어른어른 움직이는 작은 생물이 보였다. 올챙이 같기도 했고 피라미 같기도 했고 도롱뇽 같기도 했다. 빈 집 뒤로는 무성한 나무들 때문에 낮에도 밤처럼 어두운 숲이 있다.

　결혼을 두어 달 앞두고 아내와 함께 집을 알아보러 다니다 버스에서 무작정 내려 우연히 만난 동네였다. 지도에 누락되어 있어도 전혀 이상하지 않을 조용하고 쓸쓸한 동네였다.

　전쟁이라도 난 걸까요? 사람들이 다 피난 갔나 봐요.

　아내는 말없이 웃었고, 그때는 눈과 입이 함께 웃는 웃음이었고, 간판이 없었으면 부동산이라는 걸 도저히 짐작할 수 없었을 부동

산 주인은 집을 팔 마음이 별로 없어 보였다. 한참이나 동네의 불편한 점을 시시콜콜 늘어놓고는 변명처럼 그래도 이렇게 가까이서 자연을 접할 수 있는 곳은 이 도시에서 찾기 힘들지, 라고 덧붙였다. 우리는, 평소에는 자연을 그다지 좋아하지 않던 우리는, 어쩌면 '자연'보다 '자연을 접한다'라는 그 상투적인 말이 맘에 들었고 거의 동시에 서로의 손을 꼭 쥐었다.

페스타이올로가 뭐예요?

페스타이올로(Festaiolo)는 이탈리아어로 축제를 조직하는 사람이란 뜻이야.

누나가 쓴 논문은 그림에 대한 얘기잖아요. 축제를 조직하는 사람과 그림이 무슨 관련이 있죠?

르네상스 초기 그림을 보면 더러 군중들 속에 유독 혼자 그림 밖을 응시하면서 그림을 감상하는 사람과 눈을 맞추려는 인물이 있거든. 그런 사람을 페스타이올로라고 불러. 그림이라는 축제로 감상자를 초대한다는 뜻에서 유래했지.

그림이 축제라면 그렇겠지만…… 예를 들어 지옥을 그린 그림도 있잖아요.

정말이네. 그런 건 생각 못했어. 보기보다 날카롭구나, 너.

그건 아내의 첫 번째 폭발을 목격하기 전에 있었던 대화였다. 나는 새 집을 꾸미려고 아내에게 페스타이올로가 그려진 멋진 명화 한 점을 모사(模寫)해 달라고 했다. 그때 아내는 뒤늦게 미술사학과 석사과정을 마치고 아르바이트로 한창 동서양의 명화를 모사하고 있었다. 일단 요령만 터득하면 드는 품에 비해 꽤나 두둑한 보수를 챙긴다고 했다.

타인의 그림을 베끼는 일이잖아. 영혼이 필요없는 일이거든.

아내가 모사한 산드로 보티첼리의 「동방박사의 경배」는 70cm 곱하기 90cm 정도로 좁은 집에 걸기에는 부담스러운 크기였다. 나는 아내의 논문에서 본 루시안 프로이트의 「넓은 실내 W11」 속 꼬마 소녀 페스타이올로가 더 맘에 든다고 했지만 아내는 내 청을 거절했다.

페스타이올로는 맘에 드는데 전체적으로 집이 너무 밝아.

집이 밝은 게 싫나요?

응.

나도 그랬다. 언제부터인지 어두운 집이 좋았다. 그렇게 주변 사람들의 걱정이나 비뚤어진 기대와는 달리, 처음 우리들은 마치 어항 속 두 마리 금붕어처럼 잘 지냈다. 결혼 전하고 달리 아내가 자주 섹스를 거부하는 것만 빼면 모든 게 순조로웠다.

여기선 싫어.

왜 싫어요?

몰라, 이 집에선 그냥 하기 싫어.

이사한 다음 주 어느 늦은 오후였다. 1층 거실 형광등이 나갔다. 철물점이 너무 멀어 그냥 내일 바꿔야지 하고 계속 TV를 보고 있는데 아내가 방에서 나왔다.

여기도 나갔어.

아내의 얼굴은 평소와 달랐고 나는 당장 일어나 새 형광등을 사러 나갔다. 빠른 걸음으로 왕복 한 시간 정도 걸렸다. 그리고 일주일쯤 뒤 1층 욕실 백열등과 새로 교체한 1층 거실 형광등이 다시 나갔다. 사러 나갈 준비를 하는데 아내가 검은 계단 위편 2층에서 아래를 보며 내게 말했다.

부엌 형광등도 깜박깜박해. 곧 나갈 거야.

알았어요, 그것도 사 올게요.

틀렸어.

뭐가요? 뭐가 틀렸다는 거죠?

아내는 대답 없이 검은 계단 위쪽에서 사라졌다.

아내가 처음 폭발했을 때 나는 집에 없었다. 취직자리를 소개시켜 준다는 오랜 친구를 시내에서 만나고 자정이 다되어 집으로 돌아오던 길이었다. 현관문 밖에까지 아내의 고함소리와 물건 부서지는 소리가 들렸다. 아내는 부서진 형광등을 들고 캄캄한 마루 한가운데 서 있었다. 아내의 등뒤에서 TV 뉴스 아나운서가 불분명한 음성으로 무언가를 읽고 있었다. 눈물과 침과 땀이 아내 얼굴의 지도를 완전히 바꾸어놓았다. 나는 유리 조각을 밟지 않도록 조심하며 아내에게 다가가 자루만 남은 깨진 형광등을 뺏었다. 무슨 말을 해야 할지 몰랐다.

니가 없어서 내가 형광등을 갈다가 깨뜨렸어.

아내의 목소리는 내가 알던 그 목소리가 아니었다. 음의 변화도 박자의 변화도 없는, 한 줄로 8분음표만 주욱 그려넣은 오선지 같은 목소리.

미안해요, 내가 집에 있었어야 했는데.

아니야. 니가 미안해야 할 일이 아니야.

아니요, 제가 미안해요.

아니, 아니, 아니, 아니라구. 미안해할 건 니가 아니야. 미안해해야 할 건 집이야.

집이오?

일시정지 버튼을 누른 것처럼 우리의 대화는 순식간에 막다른 골목에 도착했다.

아내의 손바닥은 피투성이였는데 씻기고 보니 다행히 눈에 띄는 큰 상처는 없었다. 나는 축 처져 있는 아내를 재우고 1층 바닥을 구석구석 청소하고 잠깐 눈을 붙인 뒤 새벽 일찍 도매점에 가서 가게에 있던 형광등 재고를 모조리 긁어 왔다. 아내가 무섭다고 좀처럼 발을 들여놓지 않는 지하실 구석에 형광등 더미를 쌓아두었다.

작은 집이기는 하지만 지하실까지 하면 그 집은 3층인 셈이다. 건평은 잘해야 15평 정도였다. 외벽은 시멘트를 연상시키는 환하고 표면이 거친 아이보리색 벽돌로 지어져 밝은 인상을 주는데 집안은 대조적으로 매우 어두웠다. 창문의 숫자가 너무 적기도 했고, 원목으로 된 바닥과 벽이 검정에 가까운 고동색이어서 집안에 깃든 어둠은 낮에도 좀처럼 지워지지 않았다.

이건 좀 너무 어두운 게 아닐까요?

아니, 집안은 어두울수록 좋아. 온통 검정으로 칠해진 내 방을 갖는 게 어릴 적 소원이었거든.

현관에 들어서자마자 당장 2층으로 올라가는 계단을 맞닥뜨리게 되는 구조다. 현관에서 신을 벗고 아무런 무늬 없는 굵은 올의 양탄자를 밟으면 바로 다음 발자국은 계단의 첫 번째 단에 올라가게끔 되어 있었다. 물론 다른 선택도 있다. 양탄자를 밟고 계단을 향하는 대신 우회전하면 거실로 이어지는 좁은 통로가 기다리고 있었다. 한 뼘 넓이의 기다란 창에서 흘러내린 지친 햇빛이 하루에 몇 시간씩 현관에서 잠시 머무르고는 했다. 2층으로 올라가는 계단은 유난히 더 검어 보였다. 더 미끈거리고 더 무거워 보이는 검정. 우리는 그 계단을 검은 계단이라 불렀다. 검은 계단의 가느다란 검은 난간을 잡으면 유독 차갑게 느껴졌다.

그게 검정의 온도야.

나는 무슨 말인지 알아들을 수 없었다.

내가 아내를 처음 만난 건 아주아주 어렸을 때였다. 아마 중학교에 입학하기도 전이었을 거다. 부모님과 함께 간 먼 친척집 제사에서 상차림을 돕고 있던 아내를 봤다. 그때 아내는 이미 대학을 졸업한 지 오래였다. 지방에 있는 미술대학에서 서양화를 전공했다고 했다.

이상하게 들리겠지만 첨부터 너하고 결혼하게 될 거라는 걸 알았어.

사춘기도 오지 않은 꼬맹이하구요?

시간은 가끔, 마음만 먹으면 눈 깜박할 사이에 지나가기도 하거든. 나는 니가 아주 빨리 자랄 줄 알았어.

제대로 섹스를 할 수 있을 때까지요?

후후후.

나와 아내는 내가 아버지의 강요에 못 이겨 마음에도 없는 재수를 할 때 다시 만났다. 그때는 더 이상 먼 친척 누나로서가 아니었다. 여자로서였다. 책을 넘겼던 시간보다 어쩌면 섹스를 했던 시간이 더 길었을지도 모를 재수 시절이었다. 전문대와 지방대학 몇 군데를 전전하다가 군대에 갔다 오고 아버지에게 아내와 결혼을 하겠다고 했더니 격렬하게 반대를 했다. 나는 친척이라서 그러는 건지 아니면 나이가 많아서 그러는 건지 아버지에게 다시 물었고 아버지는 대답하지 못했다. 대신 내 뺨을 때렸다. 나는 아버지의 침묵과 구타를 허락이라고 여겼고 간단한 짐만 챙겨 아내의 아파트로 갔다.

이제부터 여기서 살려구요.

아내는 아무 말 없이 날 꼭 안아주었다.

좋은 생각이야. 정말 좋은 생각이야.

그리고 몇 년 뒤 우리는 연고도 없는 시골 작은 교회에서 결혼을 했다. 결혼행진곡도 없었고 갑자기 돌아보면 박수를 치며 환호하고 있어야 할 하객도 없었다. 목사까지, 우리 셋이 지키던 교회는 어두웠고, 깊은 바닷속처럼 목사의 목소리는 먹먹하게 들렸고, 좁은 실내를 질주하던 바람은 축축했다. 열린 문 틈으로 비치던 바깥은 환했다.

아내가 모사한 「동방박사의 경배」에는 두 명의 페스타이올로가 있다. 소풍 때 찍은 단체사진에서 자신을 찾는 것보다 더 쉽게 군중 속에서 두 명의 페스타이올로를 찾을 수 있다. 늙은 페스타이올로와 젊은 페스타이올로.

젊은 쪽이 이 그림을 그린 화가 보티첼리구 늙은 쪽이 과스파레라구 이 그림을 주문한 사람이래. 직업이 환전상이었다나 봐.

부자였겠네요.

그럼. 그게 어떤 사람이든 사람을 부려서 뭔갈 만들어내려면 돈이 많이 필요하지. 그림은 말할 것도 없구. 어떤 옛날 이탈리아 부자가 남긴 기록을 보면…….

아내는 말을 끊고 자신의 방으로 뛰어가 즉시 책 한 권을 가져왔다.

여기 있다. 보티첼리는 자신이 그림을 그려주는 대가로 78플로린의 금화를 받고 그 바르디라는 부자한텐 이런 내역서를 줬대. 들어봐. 울트라마린 안료로 2플로린, 금박과 목판을 위해 38플로린, 그리고 자신의 붓질에 35플로린.

자신의 붓질이 얼마인지 어떻게 값을 매길 수 있었을까요?

음…….

아내는 쉽게 대답하지 못했다. 한편 그림 주문자이며 부자였던 늙은 페스타이올로는 그림 속에서 여전히 나를 응시하며 오른손으로는 젊은 페스타이올로인 보티첼리를 가리켰다. 하지만 그림 속 군중들 중 아무도 둘의 이상한 행동을 눈치채지 못한 것 같았다.

이 둘은 군중 속에, 아니 그림 속에 속해 있지 않은 사람들 같아요.

니 말이 맞아. 페스타이올로들은 그림이 아니라 그림을 보는 사람들의 시간에 속하는 것 같애.

다음은 곰팡이였다. 어느 날 두 명의 페스타이올로가 그려진 「동방박사의 경배」가 걸려 있는 벽 아래쪽에서 곰팡이를 발견했다. 희끗희끗한 게 처음에는 굴러다니는 먼지뭉치쯤으로 생각했다. 청소기에 빨려 들어오지 않기에 만져보니 곰팡이였다. 검정색 원목 벽과 같은 재질의 바닥이 직각으로 만나는 모서리 바로 위에 곰팡이가 살고 있었다. 검정색 벽 위에 회색 곰팡이. 가느다란 회색 실들을 한 올 한 올 풀로 붙여서 고정시켜 놓은 듯 곰팡이는 정교했고 또 아름다웠다. 치즈에서 나는 것 같은 약간 쓴 냄새가 났다. 곰팡이가 자라는 모습을 지켜보고 싶었지만 아내의 눈에 띄면 좋지 않을 것 같아 얼른 걸레로 닦아냈다. 그리고 며칠 뒤 바로 그 자리서 내가 닦아버린 곰팡이와 꼭 닮은 곰팡이를 다시 발견했다. 이번에는 곰팡이의 영토가 더 넓어졌다. 곰팡이는 「동방박사의 경배」를 향해 점차 북진하고 있었다.

뭘 하고 있어?

벽을 닦고 있어요.

그건 알겠구. 왜 벽을 닦고 있냐구?

벽을 닦으니까…… 검정색이 더 짙어지는 거 같아요. 그게 한결 보기 좋아서요.

어느 날 자다 일어나 보니 아내가 없었고 아래층이 소란스러웠다. 불길한 예감이 들어 옷도 챙겨 입지 않고 한달음에 아래층으로 달려갔다. 아내는 알아들을 수 없는 소리를 지르며 미친 듯 페인트를 벽에다 쏟아붓고 있었다. 여기저기 거실 벽 위 뚱뚱한 검정 페인트 덩어리가 바닥으로 기어가고 있었다. 나는 아내의 팔을 붙들었다.

너도 이거 봤지? 벽이 늙어가는 거. 미쳤어, 이 집은.

이게 뭐가 늙는다는 거예요? 그냥 곰팡이잖아요.

닥쳐, 니가 뭘 안다 그래.

아내는 내 손을 뿌리치더니 검정 페인트를 내게 뿌렸다. 나는 눈을 감고 어쩔 줄 몰라 하며 가만히 서 있었다. 페인트가 콧구멍을 막아 입으로 숨을 쉬었다. 잠시 뒤 아내가 나를 안고 검은 페인트로 뒤덮인 내 얼굴에 자신의 볼을 부볐다.

미안해, 내가 잘못했어.

우리는 같이 샤워를 했다. 나는 정신을 놓은 채 벌거벗고 욕조

턱에 앉아 있었고 아내는 미안해, 내가 잘못했어를 끊임없이 반복하며 샤워기와 수건으로 나를 씻겼다. 욕실 타일 사이의 네 거리로 검은 페인트의 강이 흐르는 걸 지켜봤다. 검은 강이 회색 강이 되고 또 회색의 강이 다시 맑개질 즈음, 아내가 애무를 하기 시작했다. 내 몸 구석구석, 아내의 혀가 지나가지 않은 곳이 없었다. 때로는 부드럽게 때로는 격렬하게. 하지만 오랜 시간이 지났는데도 좀처럼 발기가 되지 않았다.

니가 나한테 어떻게 이럴 수가 있어?

비명인지 비난인지 모를 말을 남기고 아내는 욕실 문을 열어둔 채 뛰어나갔다. 검은 계단이 서너 차례 쿵쿵대더니 현관 문 여닫히는 소리가 들렸다. 나는 욕조 안에서 깜박 잠이 들었다. 아내와 함께 벌거벗은 채 하얀색 페인트로 검은 계단을 칠하는 꿈을 꾸었다. 나는 욕조 안에서 발기했다. 그날, 아내가 새벽녘에 돌아올 때까지 아무도 집에 오지 않았다. 나는 모른 체하고 계속 욕조에서 잤다.

이제 나는 그 집을 떠났다. 보호되어야 할 것이 집이나 아내가 아니고 나라는 걸 너무 늦게 깨달았다. 그 집에서 여기까지는 한나절 내내 쉬지 않고 운전을 해야 빠듯하게 닿을 수 있는 거리다. 집에서 멀리 떨어져 있으니 마음이 편안하다. 나는 지금 남쪽에 있는 큰 도시에 살고 있다. 사람들이 얼마 살지 않는 작은 마을로 갈 수도 있었지만 본능적으로 나는 사람들의 숲에 숨기로 했다. 힘든 일을 해야 아내와 집 생각에서 벗어날 수 있을 것 같아서 택배운송 회사에서 일을 시작했다. 일이 고되기는 해도 보수도 괜찮고 무엇보다 원룸에 돌아오면 생각할 겨를을 주지 않고 아무런 꿈도 없는 잠이 내게 달려든다. 고맙게도.

검정 페인트 사건 이후 우리들은 거의 대화를 하지 않았다. 서로가 서로를 피했다. 나는 나갈 데가 없어 여전히 어두운 집에 틀어박혀 있었다. 아내가 반대를 하더라도 취직을 하는 게 좋겠다는 생각이 막연히 들었다. 나는 또 그전처럼 열심히 곰팡이를 닦거나 형광등을 갈아대지 않았다. 곰팡이는 「동방박사의 경배」가 걸려 있던 벽을 완전히 점령하고는 잘 사용하지 않는 뒤편 출입구와 지하실로 향하는 계단 쪽으로 자신의 점령지를 넓혀 가고 있었다.

차라리 이사 가는 게 어때요? 이 집을 싫어하잖아요?

그래도 우리는 같이 밥은 먹었다. 내가 끓인 미역국과 내가 만든 멸치볶음과 시장에서 산 김치로 밥을 해 먹다 어렵사리 입을 뗐다.

싫어.

왜요? 집이 빨리 늙어 가서 이곳이 싫다면서요.

그때까지 나는 아내의 말에 좀처럼 왜라고 묻지 않았다.

싫어, 싫다구 했잖아.

아내가 서너 번도 채 뜨지 않은 수저를 식탁에 집어던지고 자리에서 일어났다.

다시는 그런 소리 하지 마. 누구도 나한테 여기서 나가라고 강요 못해. 이 집을 언제 나갈지 결정하는 건 나야.

나는 아내를 이해할 수 없었다. 그러고 보니 내가 아내를 이해할 수 없었던 건 그날이 처음은 아니었다. 아내를 만난 이후 주욱 그랬다. 단지, 내가 아내를 이해하려 시도하지 않았던 거였다.

검정 페인트 사건이 있던 다음날 아침이었다. 아내가 일하러 나간 뒤, 나는 오후가 다되어서야 욕조에서 기어나왔다. 거실에 엉망으로 뿌려진 페인트를 닦아내고 나서 「동방박사의 경배」를 살폈다. 다행히 캔버스에는 튄 데가 없었고 액자에만 몇 군데 작은 검은 얼룩이 묻어 있었다. 제자리로 돌려놓다가 늙은 페스타이올로가 그전보다 훨씬 더 늙어 있다는 걸 알아챘다. 순간, 소름이 쭈뼛 돋아올랐다. 형광등이나 곰팡이와는 확연히 다른 경우였다. 온 힘을 다해 이건 아니라고 부정하고 싶었다. 늙기 전 얼굴이 남아 있는 게 아니라 정확히 비교할 수는 없었지만 확실히 그전보다 많이 지쳐 보이는 얼굴이었다. 가령 60살 노인과 80살 노인의 차이. 정신을 차려보니 이가 맞부닥쳐 딱딱거리는 소리가 날 정도로 벌벌

떨면서 나는 그림을 지하실로 옮기고 있었다.

그림은 어디로 갔어?

며칠 뒤 아내가 물었다. 나는 준비해 두었던 대답을 꺼내들었다.

그림에 페인트가 많이 묻어서요. 일단 지하실로 옮겨놨어요. 마른 다음에 시간을 두고 조심조심 닦아내려구요.

다행히 아내는 더 캐묻지 않았다. 그리고 집을 떠나기로 마음먹기 전까지 나는 몇 번 더 지하실에 들러 그림을, 늙은 페스타이올로의 얼굴을 확인했다. 곰팡이가 온통 점령한 계단을 내려가 물수건으로 화폭에도 무성하게 번진 회색 곰팡이를 닦고 그 보고 싶지 않은 얼굴을 재차 확인했다. 의심할 여지 없이 페스타이올로는 늙어 가고 있었다. 마지막으로 늙은 페스타이올로와 눈이 마주쳤을 때 그는 더 이상 장래가 탄탄한 젊은 화가에게 근엄한 자신의 모습이 들어간 그림을 주문한 정력적인 부자 노인이 아니라, 중병에 걸려 내일 죽는다 해도 놀랍지 않을 병든 노인이었다. 나는 곰팡이를 들이마시면서 헐레벌떡 지하실 계단을 뛰어올라왔고 집을 떠나기로 마음먹었다. 보호되어야 할 것이 집이나 아내가 아니고 나라는 걸 너무 늦게 깨달았다.

이제 나는 그 집을 떠났다. 그 집에 대한 기억이 점점 희미해진다. 아내의 얼굴도 마찬가지다. 이상하게도 그 집으로 이사한 이후

의 아내 얼굴은 더더욱 어렴풋하기만 하다. 한 가지 그래도 확신할
수 있는 건, 그 집에서 아내는 매우 젊어 보였다는 거다. 아내는 검
은 계단과 페스타이올로가 있던 그 집에서 전혀 늙지 않았다. 아내
말대로 그 집의 모든 것이 늙어가는 동안, 아내는 거꾸로 젊어졌는
지 모르겠다.

여섯 개의 모래시계

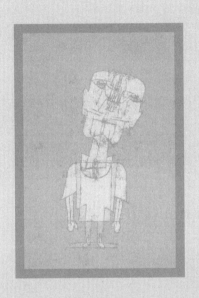

별의 위치를 알려주는 시계는 어디 있습니까?
— 래이 브래드버리

내 인생의 가장 큰 즐거움이라면 나는 주저 않고 모래시계를 수집하는 일이라 말할 수 있다. 도무지 이해할 수 없다는 표정을 지으며 왜 모래시계 '같은' 걸 모으냐고 묻는 사람들이 더러 있다. 그런 사람들은 너무 가난하거나 태어나 한 번도 수집 '같은' 걸 해본 적이 없거나 아니면 십중팔구 그냥 멍청한 사람들이다. 나비나 특정 작가의 초판본, 우표나 오래된 지도를 모으는 사람들에게 똑같은 질문을 해보라. 그들이 정직하다면, 그들은 그 왜라는 질문에 답을 할 수 없다. 그 '왜'가 답해지는 순간, 수집을 감싸고 있던 모든 신비스러운 광채는 스러지고, 여지껏 설명되지 않았기 때문에 맹렬히 불타올랐던 정열도 순식간에 숨을 거둘 것이기 때문이다.

지금부터 나는 내가 수집한 컬렉션 중 가장 빛나는 여섯 개의 모래시계를 당신에게 소개하려 한다. 순서는 임의로 정한 것이니 특별한 의미를 두지 않아도 좋다.

　시계상이나 나와 비슷한 도락에서 헤어나지 못하는 수집가들이 내 수집품의 긴 목록에서 가장 비싸게 값을 매기는 시계가 바로 이 첫 번째 시계, 다우브마누스 판(版) 하자르 사전이다. 이 시계가 그토록 비싼 이유는 내게는 그저 번거로울 뿐인 유명세 때문이다. 1984년, 이제는 사라진 국가 유고슬라비아의 수다쟁이 소설가 밀로라드 파비치가 동명의 소설 『하자르 사전』에서 이 모래시계를, 정확히 말하면 모래시계가 들어 있는 이 책, 『하자르 사전』을 소개하기 전까지 이 시계의 존재는 사람들에게 거의 알려지지 않았다. 만약 내가 이 모래시계-책의 존재를 육 개월만 늦게 알았다면, 그리하여 『하자르 사전』이 먼저 출판되었다면, 내가 이 모래시계를 손에 넣는 데에 몇 갑절의 노력과 돈이 들었을 것이다.
　『하자르 사전』은 크고 두꺼운 책이다. 지금은 멸종된 추운 지방에 사는 유대류(有袋類)의 단단한 가죽으로 만들어진 이 책 어딘가에 소형 모래시계가 장치되어 있다고 한다. 책등이 편평하지 않고 불룩 튀어나와 있어 자연히 거기 어딘가 모래시계가 감추어져 있지 않을까 추측은 해보지만 책을 산산조각 해체하기 전까지는 알 수 없는 노릇이고, 나는 그럴 계획이 없다. 즉, 이 모래시계는 분명 모래시계이되, 내 두 눈으로 모래시계를 볼 수 없는 모래시계라는 얘기다. 눈에 보이는 건 다만 한 권의 책이다.

『하자르 사전』에도 설명되어 있지만, 이 책을 세운 채로 조용한 곳에서 정신을 집중하고 읽으면 쏴아아 하는 모래 떨어지는 소리가 난다. 모래시계가 작동되기 시작한 거다. 규칙은 단순하다. 책을 앞에서부터 읽어가다가 모래 떨어지는 소리가 멈추면 그 부분에 표시를 하고 ― 나는 그 페이지에 공작새 깃털을 꽂아둔다 ― 책을 뒤집어 세워 이번에는 맨 끝부터 거꾸로 읽기 시작해야 한다. 그러면 다시 모래 떨어지는 소리가 들린다. 그러다가 다시 멈추면, 다시 책을 뒤집어 공작새 깃털을 꽂아두었던 부분에서부터 읽어 나가면 된다.

이론상으로는, 그렇게 앞에서 조금 뒤에서 조금 번갈아 책을 읽다 보면 책 중간 어디쯤에서 두 방향의 책 읽기가 충돌할 지점이 생길 것이고 그게 독서의 끝이 될 것이다. 하지만 독서의 끝은 내게 찾아오지 않았고 앞으로도 그런 일은 없을 것 같다. 이 모래시계-책을 읽는 또 하나의 고약한 규칙은, 이 책을 읽는 동안 절대 모래시계가 멈추어서는 안 된다, 는 것이다. 게다가 이 책은 라틴어와 히브리어와 아랍어, 그렇게 세 가지 언어로 쓰여 있다. 간혹 이 모두가 한 페이지에 함께 사용되기도 한다! 나는 이『하자르 사전』 읽기를 스무 번 남짓 시도했는데 제일 오랫동안 모래시계를 멈추지 않고 독서를 지속했던 게 17시간 정도였다. 하지만 그때 내가 읽은 양은 기껏해야 히브리어로 쓴 30페이지와 라틴어로 쓴 80페이지 정도에 불과했다.

나쁘지 않은 건, 책을 읽을 때마다 속도가 다 다르므로 멈추어야 할 부분이 늘 달라지고, 해서 새로 이 책을 잡을 때마다 그 내용이 늘 달라진다는 것이다. 처음 읽을 때에는 틀림없이 사랑하는 말이 죽자 영하의 벌판을 엎드려 네 발로 달리기 시작했던 아름다운 공주에 대한 이야기였는데, 마지막으로 읽을 때에는 표범의 뼈를 깎아 만든 주사위를 사용하는 사기꾼의 이야기로 둔갑해 있었다.

두 번째 시계는 내가 소장한 모래시계들 중 가장 작다. 여름에 잴 때와 겨울에 잴 때가 조금 다르기는 한데, 가령 9월에 재면 그 길이가 7.3mm쯤이다. 모래 알갱이는 더 잘아서 돋보기를 사용해야만 먼지처럼 날리면서 떨어지는 그 특유의 모습을 관찰할 수 있다. 항상 다른 궤적을 그리며 아래쪽 유리구(球)로 느긋하게 낙하하는 짙은 커피색 모래-먼지들이 만들어내는 광경을 지켜보고 있노라면 시간 가는 줄 모르게 된다. 그런데 시간이 정확하지는 않다. 하나의 유리구를 다 비우는 데 빠를 때는 32초, 느릴 때는 3분 11초까지 걸린 적이 있다. 이 역시 계절에 따라 미묘한 차이가 있다.

하지만 이 모래시계를 삼키면 모래시계의 주인은 다른 시계를 보지 않고도 정확한 시간을 알 수 있다. 모래시계를 삼킨 뒤 눈을 감고 오른손 엄지와 왼손 중지를 맞닿게 하면 또 다른 모래시계가 눈꺼풀 뒤편 암막(暗幕)에 나타난다. 눈을 감고 보는, 눈을 떴을 때와는 분명 다른 방식으로 보게 되는 이 모래시계는 매우 정확하다. 삼킨 모래시계와 눈을 감으면 보이는 모래시계는 분명 서로 다른 시계로, 한 쪽이 다른 한 쪽의 페르소나 같은 존재인지 모르겠다.

나는 이 모래시계를 중국인 시계 수집가 쳉에게서 받았다. 그 대가로 나는 겨울에만 작동되는, 모래알 대신 눈의 결정이 들어 있는 모래시계를 쳉에게 넘겨줘야 했다. 그 하얀 육각형 결정이 수레바퀴처럼 천천히 회전하며 얇은 유리관을 통과하는 모습을 나는 얼마나 사랑했던가!

나는 한때, 삼킨 모래시계를 회수하는 방식이 내가 예상한 대로일까 두려워 이 거래를 주저했던 적이 있었다. 그래서 협상은 자꾸 늦춰졌고 매서운 추위가 북반구를 뒤덮었던 2010년 겨울, 쳉이 직접 모래시계를 들고 윈난성에서 내게 날아왔다. 단도직입적으로 나는 쳉에게 삼킨 시계를 회수하는 방법에 대해 물었고 그는 그렇지 않아도 작은 눈이 투실투실한 살들 사이에 파묻혀 없어질 정도로 크게 웃으며 "이 시계를 회수하려면 아주 큰 황금 요강이 필요합니다. 그리고 자신의 손으로 자신의 더러움을 헤쳐 볼 수 있는 용기도 필요하구요."라고 말했다. 하지만 다행히 중국의 전직 고위 공무원 챙의 그 말은 농담이었다.

처음 모래시계를 삼키고 시계 없이도 정확한 시간을 알 수 있는 그 믿어지지 않는 기적을 경험한 날, 나는 호텔 스위트룸의 수영을 해도 좋을 만큼 넓은 침대 위에서 혼자 잠들었다. 다음날 아침 일어나 보니 팔이 저릴 정도로 오른손 주먹을 꼭 쥐고 있었다. 손을 펴보니 모래시계가 돌아와 있었다. 손바닥에는 시계를 힘껏 움켜쥐는 바람에 생긴 자국이 남아 있었다.

세 번째 모래시계는 어딜 가든 늘 지니고 다니는 시계다. 이 시계의 색은 죽은 푸른색이다. 이 시계 밑에는 이런 경구가 달려 있다: Et In Arcadia Ego. 이 시계를 내게 준 사람은 이 문장이 맘에 안 든다고 했다. 길쭉한 얼굴에 잘 어울리지 않는 동그란 안경을 쓰고, 푸주한들이 입는 비닐 재질로 된 긴 앞치마를 남자는 걸치고 있었다. 나는 모래시계는 당신이 추천하는 것으로 하겠지만 Et In Arcadia Ego만은 버릴 수 없다고 잘라 말했다. 나는 그 문장이 직역하면, '아르카디아에도 나는 있다.'라는 말로, 여기서 '나'는 죽음을 가리키고 '아르카디아'는 일종의 천국 같은 뜻이라고 남자에게 알려주었지만 남자의 표정에는 감동을 받은 기색이 전혀 없었다. 남자의 앞치마는 그러나 매우 깨끗했고 그때 나는 내 몸에 변치 않는 무언가를 새기고 싶었다. 이 시계를 얻은 건 지금으로부터 거의 30년 전이다. 남자는 종이에 만년필로 또박또박 적어준 Et In Arcadia Ego를 *Et In Arcadia Ego*로 옮겨 내 왼쪽 팔 상완십두근 표피에 심었다. 죽음은 천국에도 있고 나는 가지 않는 모래시계 하나를 몸에 새겼고 그래서 나는 마치 변하지 않는 존재로 변한 것 같았다. 그리고 나는 대학을 자퇴하고 포클랜드 전쟁에 지원했다가 몸에 모래시계가 있다는 어이없는 이유로 군대에 받아들여지지 않았다. 사실을 얘기할 용기가 없는 소심한 공무원의 그냥 그럴싸한 핑계였는지도 모르겠다. 나는 장식적인 서체의 *Et In Arcadia Ego*가 맘에 들지 않지만 모래시계만큼은 꽤 흡족스러웠다. 남자와 나는 모래를 유리구 상단과 하단에 얼마만큼씩 분배할 것인지에 대해 한 시간 넘게 논의했다. 남자는 스케치북 위에 푸른 펜으로 슥슥 스무장 이상의 모래시계를 그렸다, 보여주었다, 버렸다. 결국 내 뜻이 받아들여져 1/5은 위에 4/5는 아래에 두기로 했다.

네 번째 모래시계는 내가 가진 시계들 중에서 단연 제일 화려하다. 앞에서 소개했던 『하자르 사전』이 서적 수집가와 시계 수집가들이 동시에 좇는 바람에 터무니없이 시세가 올라서 그렇지, 역사적으로 보나 현물의 가치로 보나 나는 이 모래시계가 내 수집품의 목록 중 가장 비싼 시계여야 한다고 믿는다.

이 모래시계의 유리관은 캄보디아에서 채취한 블루 사파이어로 만든 것이다. 유리로 불어서 만든 게 아니라 이름난 시계공이 거대한 사파이어 원석을 가지고 깎고 다듬어 만든 것이라고 하는데, 직선 없이 곡선으로만 이루어진 외형이 매혹적이다. 또한 손으로 다듬은 제품에서 흔히 볼 수 있는 결함인 두께의 편차도 거의 없다. 윗판과 아랫판은 스리랑카에서 채취한 자단목(紫檀木)으로 만든 것으로, 만든 지 1300년이 다되어 가는데도 비틀림이나 광택이 흐릿해지는 일이 전혀 눈에 띄지 않으니 이 또한 놀랍다. 조금 특이한 점이라면, 일반적인 모래시계와는 달리 자단목으로 만든 윗판과 아랫판이 모두 오각형이다. 이 마주보는 오각형 나무판을 연결하는 것이 다섯 개의 백금 기둥이다. 이슬람의 가장 중요한 의무인 샤하다(الشهادة, 신앙 고백), 쌀라(صلاة, 예배), 자카(زكاة, 자선), 싸움(صوم, 단식), 하즈(حج, 순례)를 가리키는 '이슬람의 다섯 기둥'을 각각 상징한다.

이 모래시계는 9살 때 무함마드의 부인이 되어 열 명이 넘는 예언자의 부인들 중에 유독 사랑을 받았던 아이샤가 무함마드의 사후, 4대 칼리프인 알리와의 전투를 벌이기 위해 군사를 일으킬 때 제작했던 것으로 알려진다. 칼리프의 지위를 호시탐탐 노리고 있던 메카의 몇몇 귀족들과 페르시아의 유명한 장수들을 포섭하기 위해 편잡 지방의 모래시계 장인에게서 특별히 주문했다고 한다.

이 모래시계의 가장 큰 특징이라면, 이 시계를 모래시계라고 부를 수 없다는 거다. 푸르스름한 사파이어 관에 들어 있는 건 모래 대신 붉은 액체다. 이 붉은 액체는 무함마드의 임종을 지켰던 아이샤가 무함마드가 죽자마자 심장에서 얇은 유리관으로 뽑아낸 예언자의 피라고 알려져 있다.

전설에 의하면 내가 가지고 있는 모래시계는 아이샤가 제작한 일곱 개의 '무함마드의 피로 만든 시계' 중 하나라고 한다. 초승달이 뜬 라마단의 첫째 날, 하루의 다섯 번째 기도를 마치고 일곱 개의 시계를 한데 모아 같은 시간에 정확히 돌려놓으면 무함마드의 피가 바닥에 떨어지기를 마치는 순간 마치 자명종처럼 일곱 개의 시계에서 소리가 나는데, 피의 양에 약간씩 차이가 있어 일곱 개의 모래시계가 만드는 소리가 약간의 차이를 두고 차례차례 들린다고 한다. 잘 들어보면 이슬람의 첫째 기둥인 샤하다(شهادة, 신앙 고백)처럼 들린다고 한다.

라 일라하 일라 알라, 무함마드 라술 알라

لا إله إلا الله محمد رسول الله

알라 외에 신은 없다, 무함마드는 알라의 사도다, 라는 이 샤하다를 아이샤가 무함마드의 붉은 피를 담은 일곱 개의 푸른 모래시계로 연주한 후, 검은 하늘을 배경으로 누런 모래를 밟고 서 있는 일곱 명의 반역자들에게 하나씩 하나씩 하사하는 광경을 상상해 보라! 모래시계의 영험한 힘 덕인지 시계를 받은 칠 인 중 아무도 아이샤를 배신하지 않았다. 하지만 그녀는 낙타의 전투에서 패배했고 칠 인의 반역자는 모두 전장에서 참혹하게 죽었다.

물론 나는 내가 가진 모래시계가 샤하다의 어떤 부분을 노래했는지 알 수 없다. 해마다 라마단의 첫째 날, 초승달의 가는 달빛 아래서 시계를 돌려놓아 보지만 혼자서는 소리를 내지 않는 것 같다. '무함마드의 피로 만든 시계' 일곱 개를 다 모을 수만 있다면 좋겠지만 나머지 여섯 개의 행방은 묘연하기만 하다.

다섯 번째 모래시계의 외관은 너무 평범해 실망스러울 정도다. 두 개의 원형 나무 판을 아무 무늬 없는 검정색 나무 원기둥 세 개가 지지하고 있고, 그 사이에 물방울 모양의 두 개 유리구가 연결되어 있는, 흔한 삼발이형 모래시계다. 모래 대용으로 사용된 대리석 가루는 검정 기둥과 대조적으로 순백색에 가깝다.

모래시계를 뒤집으면 뭔가 잘못되었다는 것을 금세 알 수 있다. 하얀 대리석 알갱이들이 꿈쩍도 않는다. 바닥에 대고 쾅쾅 내리쳐봐도 변화가 없다. 아래쪽 유리구는 아직 깨끗이 비어 있다. 자세히 들여다보면 알갱이 크기에 비해 유리관 직경이 너무 작은 것처럼 보이기도 한다. 보통은 유리관 직경이 알갱이 지름의 최소 두 배 이상은 되어야 하는데 말이다.

이혼 소송 때문에 급하게 돈이 필요해 내게 이 모래시계를 팔았던 핀란드 남자는 ── 그는 끝까지 이름을 밝히지 않았고, 급한 마음에 헬싱키까지 찾아갔건만 얼굴도 비추지 않았다 ── 이 모래시계를 거울과 함께 내게 팔았다. 이 시계를 특별하게 만드는 건 바로 이 거울이다. 다른 거울이어서는 안 되고 바로 이 거울이어야 한다. A4 용지 크기의 거울은 표면이 완전히 고르지 않은지 거울에 맺힌 사물의 윤곽을 어른어른하게 내비친다. 하지만 그 역시 그닥 특별하지 않다. 다시 말하지만 둘은 지극히 평범해 보인다, 지금까지는.

둘이 함께 있을 때 비로소 마술이 시작된다. 거울 앞에 놓고 모래시계를 뒤집으면 스스스 하는 소리가 나면서 지금껏 요지부동이던 위쪽 유리구의 대리석 가루가 눈에 띄게 조금씩 줄기 시작한다. 하지만 위쪽에서 줄어든 대리석 가루들이 아래쪽 유리구를 채우는 게 아니다. 아니, 아래쪽이기는 한데 그게 거울 앞에 세워놓은 모래시계의 아래쪽 유리구가 아니라 거울 속에 비친 모래시계의 아래쪽 유리구로 떨어진다. 간단히 말해 거울 밖의 모래가 거울 속으로 이동하는 거다. 위쪽 유리구의 대리석 가루가 다 떨어지면, 거울 앞에 세워진 모래시계는 위쪽 아래쪽 할 것 없이 죄 텅 비게 된다. 하얀 대리석 알갱이는 이제 거울 속에만 있다. 시계를 다시 뒤집으면 거울 속 위쪽 유리구에 있던 대리석 가루들이 줄면서 거울 밖 모래시계에 다시 흰 시간의 시체들이 쌓이기 시작한다. 이번에는 거울 속 모래가 거울 밖으로 이동하는 거다. 그렇게 시간이 거울의 안팎을 넘나드는 마술의 한 주기가 끝난 거다.

여섯 번째 모래시계는 볼 수는 있으나 만질 수는 없다. 그려진 시계지만 내 몸에 새겨진 시계와는 달리 틀림없이 시간은 간다. 분명 시간은 가지만 모래 떨어지는 소리를 들을 수는 없다. 이 모래시계는 『하자르 사전』처럼 훌륭한 책 속에 숨겨진 것도 아니고 상아 기둥과 호박(琥珀) 유리관으로 만들어지지도 않았고 천둥 번개를 부르는 마법의 힘을 가진 것도 아니고 매미 소리를 들으면 움직이기 시작하는 불사(不死)의 곤충이 모래 대신 시각을 알려주는 것도 아니다. 단지 내 첫 번째 모래시계다. 모래시계 수집에 미친, 혼기를 놓친, 고집불통 독신 남자라는 이미 와버린 미래를 향한 첫 번째 모래알을 떨어뜨린 게 바로 이 모래시계다. 이 모래시계를 갖게 된 건 16살이었다. 그때는 내 왼쪽 팔뚝이 아직 깨끗했다.

이 모래시계는 『특선 가정식 200선』이라는 당시로는 드문 올컬러판 책 오른쪽 귀퉁이들에 그려져 있다. 나는 이 모래시계들이 그려진 책을, 가정교사 겸 하인들의 우두머리 겸 아버지의 애첩 겸

─하지만 내 기억이 맞다면 이 여자는 끝끝내 새엄마라는 지위를 공식적으로 얻지 못하고 아버지로부터 버림받았다─사춘기 소년의 유일한 성적 환상의 대상이었던 여자에게서 받았다. 그 여자가 왜 페이지를 쉬지 않고 넘기면 작동하기 시작하는, 어머니가 그린 모래시계의 존재를 알면서도 내게 준 건지 나는 모르겠다. 그 여자는 당시에 집을 떠난 어머니의 흔적을 깡그리 지우기 위해 얼마나 많은 노력을 기울였는데! 어머니가 왜 요리책의 홀수 페이지마다 아주 조금씩 하지만 멈추지 않고 변해 가는 모래시계를 그려넣어야 했는지 나는 모르겠다. 나는 당시에 어머니를, 아니 엄마를 속속들이 안다고 얼마나 자신했었는데!

어머니는 아마추어 화가였다. 아버지가 직업 화가를 싫어하셨기 때문에 아마추어 화가였던 어머니는 아마추어답게, 아니 아마추어 이상의 실력으로 요리책의 홀수 페이지마다 모래시계를 그려넣었다. 지금도 모래시계는 여전히 내가 『특선 가정식 200선』을 뒤에서부터 앞으로, 엄지손가락으로 책 옆면을 지그시 누르면서 한 페이지씩 빠르게 넘기면 펜으로 만든 모래를 떨어뜨리기 시작한다. 처음에는 모래시계와 똑같은 검정색이던 모래알들은 아래쪽 실린더의 절반을 채울 즈음 선홍색을 띠기 시작하더니 모래가 다 떨어질 때쯤 되면 피보다 진한 빨강으로 변한다. 모래시계가 천천히 검은 또 붉은 모래알들을 떨어뜨리는 동안, 부리에 초록 종려수 가지를 문 파랑새가 저 멀리서 나를 향해 날아들고, 파랑새가 사라지면 노랑 오각형 별이 옆구르기를 하며 바삐 지나가고, 순식간에 조그만 핑크 이파리를 가진 꽃이 피었다 사라지고, 그리고 마지막에는 무채색의 슬픈 얼굴을 가진 여자가 보랏빛 뚱뚱한 눈물을 한 방울씩 떨어뜨리며 모래시계를 바라본다. 모래시계가 멈추자 여자도 눈을 감는다. 여자의 눈이 '＿' 자가 되고 마지막 페이지가 내 엄지손가락을 빠져나간다. 그러자 모든 것이 조용해진다.

사진이 한 장도 남아 있지 않지만 나는『특선 가정식 200선』마지막 페이지에 그려진 눈 감은 여자의 얼굴을 어머니의 얼굴이라 여긴다.

죄책감의 확률

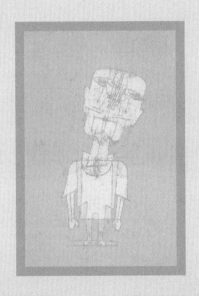

아, 나도 모르는 죄를 저질렀단 말인가요?
— 윌리엄 셰익스피어

"살인을 저지른 사람이 자살을 할 수 있을까?"

본능적으로 나는 가능하다, 라고 얘기하고 싶었다. 역사적인 예도 들고 싶었지만 당장 머리에 떠오르는 사람이 없었다. 그래도 안될 게 뭐람.

"실수로 사람을 죽였거나 전쟁과 같은 불가피한 상황에서가 아니라, 뚜렷한 살의를 가지고 다수의 살인을 반복해서 저지른 사람이 말이야."

비겁하게 붉은머리 여행잡지 편집장 박범진은 자신의 첫 번째 질문이 공기 중에서 완전히 실종되기 전에 단서를 붙였다. 그래 가지고는 원하는 시간 안에 느려터진 사고(思考)의 회로가 제대로 연결될 리 없었다. 붉은머리 편집장 박범진은 재작년 겨울에 머리를 염색한 후 그냥 편집장 박범진에서 '붉은머리' 편집장 박범진으로 진화했다. 진보는 아니고 진화.

"확률이 매우 낮지. 그런 상황이 전혀 없다고는 할 수 없지만."

히틀러가 좋은 예가 아닐까, 그런 생각이 들었지만, 뭔가 좀 께름칙했다. 그래도 과체중 의사 선생 김대용까지 거들고 나선 판에 왠지 처음 떠오른 생각을 묻어두고 싶지 않았다. 시험에서도 대체로 고치기 전 첫 번째 답이 정답인 경우가 많았다.

"히틀러는 어때? 살인과 자살을 둘 다 저지른 사람의 좋은 예가……."

"자신이 직접 손을 쓴 건 아니잖아, 최소한 살인에는."

내 대답이 졸고 있던 구두점을 깨워 입 밖으로 데리고 나오기 전, 붉은머리 편집장이 대답의 뺨을 후려갈겼다. 붉은머리의 훅은 제대로 먹히면 맵다. 처음 만났을 때부터 과체중이었던 과체중 외과의사 김대용은 그때쯤이면 이죽거리며 바닥에 쓰러진 나를 한 번 더 짓밟아야 정상인데, 이번에는 뭔가 진지하게 고민하는 것처럼 보였다.

"야, 돌팔이 의사 선생, 니가 말한 그런 상황이라는 게 대체 뭐야?"

붉은머리 편집장이 이번에는 의사 선생에게 선공을 했다.

"아니, 그게 핵심이 아니야. 내가 궁금한 건 왜 그런 상황이 그렇게 드무냐는 거야. 타인을 죽인 사람은 왜 자신을 죽일 수 없는 거지?"

나는 수학자다. 그건 내 전문 영역이었다. 나는 심판이 열을 세기 전, 사각의 링 위에서 벌떡 일어났다.

"그건 내가 설명하지. 타인을 죽이는 행동과 자신을 죽이는 행동이 완전히 독립적인 사건이라면 그 두 가지 사건을 한 사람이 다 저지를 확률은 각각의 확률의 곱인 거야, 여기까지는 쉽지? 가뜩이나 낮은 두 확률을 곱하다 보니, 니가 잘못된 질문을 하게 되는 거야. 타인을 죽인 사람은 자신을 죽일 수 없는 게 아니라, 타인을 죽이고 또 자신을 죽일 확률 그 자체가 매우 낮은 거야. 확률은 곱할수록 작아지거든. 예를 들어볼게. 어떤 사람이 타인을 죽일 확률이 1/1000이고, 자신을 죽일 확률이 1/1000이면, 한 사람이 타인과 자신을 둘 다 죽일 확률은……."

"백만 분의 일이라는 거군."

붉은머리의 회심의 훅이 이번에는 빗나갔다. 하하하. 한 게임에 몇 번 찾아오지 않는 행운의 찬스였다. 하하하.

"땡. 설명이 부족했나? 둘을 그냥 곱하는 건 두 사건이 완전히 독립적인 경우라고 했잖아."

"야, 염소수염, 내 말이 바로 그거잖아. 기억 안 나? 그게 니 첫 번째 가정이었거든. 우린 지금 두 사건이 종속적인, 그러니까 서로

영향을 주는 경우를 논의하는 게 아니잖아. 순수하고 독립적인 확률, 그게 니 홈그라운드구, 지금 우리 얘기도 거기서 경기를 하는 거잖아."

"맞아, 맞는데, 어느 경우에서도 절대 빠뜨릴 수 없는 종속적인 요인이 하나 있어. 조금만 더 해볼게. 만약 어떤 사람이 살인을 저지르면 무슨 이유에서인지 자살을 할 확률도 높아진다고 해보자구. 그러면 두 사건은 더 이상 독립적이지 않은 거구, 그 사람이 두 사건을 다 실행에 옮길 확률은 개별 확률의 곱보다 높아지는 거지."

"거기까진 나도 붉은머리두 다 아는 얘기인 것 같은데."

과체중 의사 선생이 입을 가리지 않고 하품을 하면서 말했다. 어느새 붉은머리 편에 붙은 거였다. 그래도 거기는 내 홈그라운드였다, 놈들의 뜻대로 호락호락 진행될 리 없었다.

"자자, 기다려보라구. 반대로, 살인을 저지르면 자살을 저지를 확률이 낮아지는 방식으로 두 사건이 종속적이라면 두 사건이 다 일어날 확률은 각각의 확률을 곱한 것보다 작게 되지. 알았어, 알았어, 이제 본론으로 들어갈게. 다시 한 번 말하지만 심리적인 요인이나 DNA를 들먹이자는 게 아니야. 어느 경우에서든 두 가지 사건이 종속적일 수밖에 없는 비심리적이고 절대적인 요인이 하나 있단 말이야."

"오호, 인제 알겠다, 그게 뭔지. 그렇게 단순한 걸 잠시 잊었군 그래."

과체중이 붉은머리보다 눈치가 빨랐다. 늘 그랬다.

"그래…… 이쯤이면 알아채야지. 그 정도 힌트를 줬으면 진작에 알았어야지. 어려운 문제가 아니거든. 자살을 한 다음에는……."

"살인을 할 수 없지. 이미 죽은 사람이 다른 사람을 죽일 수는 없는 노릇이니까. 결국 자살을 먼저 한 경우에는 살인을 저지를 확률이 영이 되는 거구나. 그런 얘기지?"

과체중 외과의사 선생은 내 기분 망치는 법을 속속들이 알고 있었다. 그래도 쇼는 계속되어야 했다.

"요컨대, 살인을 하고 자살을 하는 경우는 존재할 수 있어도 자살을 하고 살인을 하는 경우는 존재할 수 없으니까, 확률은 백만 분의 일 이하로 떨어지는 거야, 백만 분의 일이 아니고."

잠시 뻘쭘한 침묵이 우리를 지배했다. 그리고 곧 붉은머리 편집장이 잠깐의 침묵을 흔들었다.

"염소수염, 종속적인 사건과 독립적인 사건의 확률에 대한 강의는 잘 들었어. 매우 유익했어. 페어플레이라고 할 수는 없었지만. 자자, 이제 내 원래 질문으로 다시 돌아가 보자구. 살인을 저지른 사람은 정말 자살을 할 수 없는 걸까? 살인-자살이라는 순서를 지키는 경우에도 두 행동 양식은 종속적인 걸까? 염소수염, 이번에도

니 차례야. 니 생각부터 들어보자."

나는 프로야구 경기에 있어서 홈경기의 승률과 어웨이 경기의 승률이 수학적으로 유의미한 차이를 갖는다는 것을 학생들과 함께 증명한 적이 있었다. 하지만 그때는 언제든 빼 쓸 수 있는 20년치 이상의 경기 결과가 있었다. 그만 물러설 때였다.

"나는 서로 다른 경우에 대한 확률을 어떻게 계산하는지, 그걸 아는 것뿐이야. 혹은 너희가 표본의 개수가 충분한 데이터를 제공해 준다면 두 사건이, 그러니까 살인과 자살이 수학적으로 종속적인 관계인지 독립적인 관계인지 판단 내려 줄 수는 있지. 하지만 숫자도 없이 살인과 자살이 어떤 관계냐고 묻는다면, 그건 내가 답할 수 있는 질문이 아니야. 그게 심리적인 거라면 붉은머리, 니가 여기서 젤 잘 알 거구, 그게 발톱이나 세반고리관 같은 거하고 상관이 있다면 의사 선생, 니가 제일 잘 알겠지."

"나 역시…… 잘 모르겠어."

과체중 의사 선생은, 평소의 그답지 않게 겸손했다.

"나 역시…… 특정한 이론을 거기다 적용하지 못하겠어. 하지만 경험상 살인과 자살은, 먼저 저질러진 살인이 자살할 확률을 훅 떨어뜨리는 방식으로 서로에게 종속적인 것 같아. 그게 왜인지는 나도 모르겠어. 하지만 살인자라면…… 자살이 사인(死因)일 확률이 다른 사람들에 비해 지극히…… 낮을걸."

모두 고개를 끄덕였다. 하지만 그 이유를 설명할 수 없기는 모두 마찬가지라 답답했다. 다음에 만나면 전직 살인자를 초대해 자살에 대한 생각을 들어보거나, 과체중 의사가 직접 해부를 실시해 의심이 가는 신체 부위를 다 같이 관찰해 보는 게 어떨까 하는 농담이 떠올랐지만 다들 너무 진지해 입 밖으로 꺼내지 못했다.

"그런데 아까 니가 그랬잖아, 그렇지 않은 경우도 있다구."

"응, 한 번. 지금까지 단 한 번의 예외를 봤어. 내 눈 바로 앞에서."

과체중 의사 선생 김대용의 얘기는 흥미진진했다. 아직 태어나지 않은 우리의 모든 질문들을 남김없이 먹어치울 만큼.

조경수(체포 당시 24세)가 처음 두 건의 살인을 저지르는 동안 검거되기는커녕, 수사선상에도 올라 있지 않았던 건 기적에 가까운 일이었다. 두 명의 비극적인 죽음은 계산된 행동의 결과라기보다는 제대로 조절되지 못했던 그의 분노에 책임이 있었다. 조경수는 살인을 저지르는 순간까지도 잡혀서는 안 된다, 하지만 잡힐지도 모른다, 그래서 잡히지 않도록 뭔가를 해야 한다, 라는 당연한 생각을 하지 못했다. 요컨대, 그건 그의 머리가 아니라 심장과 손이 한 일이었다.

첫 번째 희생자는 그가 알바로 있던 PC방의 단골손님이었다. 조경수는 저녁 10시부터 아침 8시까지 PC방에서 시급 4000원짜리 아르바이트를 뛰고 있었고, 첫 번째 희생자 유송준(사건 당시 39세)은 일주일에 두 번 화요일과 금요일, PC방에서 밤새 게임을 하고 아침에 돌아갔다. 그는 게임을 하면서 계속 술을 마셔댔고 새벽녘에는 인사불성이 되기 일쑤였다. 살인이 일어난 날 아침, 사설 대부업체의 징수원 유송준은 술이 떨어지자 조경수에게 술을 사오라며 만 원짜리 지폐를 아무렇게나 내던졌고 조경수는 사장이 아직 안 와서 자리를 비울 수 없다고 했다. PC방 알바 조경수가 땅에 떨어진 돈도 줍지 않고 돌아서려 하자 건장한 사설 대부업체 징수원 유송준은 자리에서 벌떡 일어나 그의 허리를 발로 차며 돈부터 주워 싸가지없는 알바 새끼야라고 소리쳤다. 그때가 아침 7시 45분이었다. 주변에 있는 사람들이 말리기도 했고 유송준이 너무 취했기도 해서 소동은 금세 가라앉았고, 유송준의 기억 속에서도 그 사건은 순식간에 지워졌지만 조경수에게는 아니었다. 아침 8시 15분, 퇴근하는 길로 그는 근처 자취방에서 군청색 후드가 달린 점퍼로 갈아입고 지난달에 새로 간 식칼을 가지고 나와 PC방 근처에서 유송준이 나오기를 기다렸다. 술에 취한 유송준이 PC방을 나오자 부축하는 척하며 뒷골목으로 유인하여 목과 복부와 허벅지를 스무 차례 이상 난자했다. 유송준이 다시는 돈 받으러 다니는 일을 할 수 없게 되자 그는 그 무생물 위에 오줌을 쌌다. 오줌으로 칼과 손과 팔에 묻은 피를 닦았다.

두 번째 희생자는 전자부품을 생산하는 중소기업의 품질관리팀에서 일하던 김창식(살해 당시 28세) 주임이었다. 키가 크고 피부가 유난히 하얗던 김창식 주임에게는 정지윤(김창식이 28세일 때 25세)이라는 여자친구가 있었는데, 둘 다 미혼이었지만 결혼을 약속한 사이는 아니었다. 중키에 긴 생머리인 정지윤은 낮에는 빵집에서 일하고 저녁에는 9급 공무원 시험을 준비하고 있었다. 주말에는 규칙적으로 동네 모텔에서 품질관리팀 김창식 주임과 관계를 갖는 사이였지만 9급 공무원 시험에 합격만 하면 관계를 청산할 계획이었다. 9급 공무원 시험을 준비하던 정지윤이 근무하던 빵집에서 50미터도 떨어지지 않은 편의점에서 마침 조경수가 알바를 하고 있었다. 생수와 스타킹을 사러 편의점에 온 정지윤에게 첫눈에 반한 조경수는 하지만 용기가 나지 않아 말도 못 붙이고 규칙적으로 빵집에 들러 좋아하지도 않는 빵을 구매하거나 정지윤이 근무를 마치고 공부하러 가는 독서실까지 미행을 하기도 했다. 그러던 어느 날 조경수는 정지윤이 평소와는 달리 평일인데도 독서실로 가지 않고 김창식 주임을 만나 손을 잡고 동네 모텔로 들어가는 것을 목격했다. 조경수는 바로 자취방으로 돌아가 모자를 쓰고 (후드티는 빨아도 핏자국이 지워지지 않아 이미 버린 후였다) 칼을 가지고 돌아와 전신주 뒤에서 무작정 기다렸다. 한 시간쯤 후, 먼저 나온 정지윤을 그냥 보내고 약 5분쯤 뒤에 뒤따라 나온 김창식 주임의 명치에 재빠른 일격을 가했다. 칼에 맞고 쓰러진 품질관리팀 주임 김창식을 업고 근처 공사장으로 옮겨 다시 열

차례 이상 칼로 찌르고 지갑에서 5만 7천 원을 꺼낸 후 오줌을 누었다. 한 500미터쯤 갔다가 다시 돌아와 바지를 벗기고 성기를 원래의 모양을 알아볼 수 없을 때까지 발로 짓이겼다.

세 번째 희생자는 여자였다. 가정주부였던 배지숙(사건 당시 58세)은 심장마비로 급사한 남편 조철호(사망 당시 67세)의 장례식 5일 뒤 보증금 3000에 월세 50짜리 아파트로 식당 일을 마치고 귀가하던 중, 자신의 죽은 남편이 이혼한 전부인과의 사이에서 낳은 의붓아들 조경수의 칼에 찔려 그 자리에서 즉사했다. 3층과 4층을 연결하는 아파트 계단에서였다. 이번에는 상처의 숫자가 현저히 적었고, 오줌에 젖어 있지도 않았다. 하지만 경찰은 처음부터 무직인데다가 돈 문제로 부모와 사이가 좋지 않았으며 아버지의 3일장에도 처음에만 잠깐 얼굴을 비치고 내내 나타나지 않았던 조철호의 큰아들이자 배지숙의 의붓아들 조경수에게 초점을 맞추고 수사를 진행했다. 사건 발생 4일째, 경찰은 사건에 사용한 칼과 피 묻은 옷가지 등을 조경수의 애인 강지희(체포 당시 만 19세로 가출 중이었음)의 단칸방에서 살해 증거로 압수하고 조경수를 긴급 체포했다.

체포 직후 조경수는 자신의 무죄를 일관되게 주장했으나 속속들이 증거가 나오고 유전자 감식을 통해 미제 사건으로 분류되어 있던 두 건의 살해된 시체에서 발견된 체액이 자신의 것임이 밝혀지자 세 건의 범행 일체를 순순히 자백했다. 과학 수사의 승리였다. 유산으로 넘어올 아파트 보증금 3000만 원이 계모를 살해한 직접적인 동기였다. 경찰이 아버지가 돌아가시기 전에도 돈이 필요했을 텐데 왜 아버지는 죽이지 않았냐고, 혈육의 정 때문에 그런 거냐고 묻자, 아버지는 나이를 많이 먹었지만 여전히 근력이 세거든요, 거꾸로 제가 당하지 말라는 법도 없었어요, 라고 말해 경찰을 아연실색하게 했다. 두 건의 살인과 한 건의 존속살해죄로 1심에서 무기징역을 선고받은 조경수는 공주교도소에 수감되었고 한 달쯤 후 교도소 식당에서 별식으로 나온 빵을 가지고 동료 죄수 이연식 씨(조경수에게 폭행을 당할 당시 51세)와 크게 싸움을 벌이다 말리던 간수에게 뒤통수를 얻어맞고 일시적인 혼수상태에 빠졌다. 교도소 수칙에 입각해 조경수 씨는 군의관 김대용 씨가 근무하고 있던 구치소 내 특별 병상으로 즉시 이송되었다.

"후우…… 그야말로 우리 시대의 괴물이군 그래. 의사 선생의 짤막한 이야기 동안 단테의 『신곡』에 나오는 일곱 가지 대죄 중 네 가지를 어긴 셈이야. 분노와 질투와…… 탐욕과 마지막으로 탐식까지."

인용이야말로 붉은머리 편집장 박범진의 가장 큰 도락이었다. 인용은 지식을 과시하기에 혹은 무지를 감추기에 가장 유용한 도구니까. 아이러니하게도 이 문장 역시 붉은머리가 한 말이었다.

"나는 왜 그걸 대죄라고 그러는지 모르겠어. 살인이나 도둑질이나 신에 대한 불경 같은 게 가장 큰 죄여야 하지 않을까? 그러니까…… 분노, 질투, 탐욕, 탐식…… 그리고……. 잠깐만…… 다 기억해 낼 수 있어…… 그래, 교만과 나태와……. 음…… 색욕까지. 빙고. 그렇게 일곱 가지 죄가 소위 대죄라는 거지?"

암기력에서는 누구에게도 뒤질 마음이 없는 과체중 의사 선생은 스스로가 대견한 듯 두 주먹을 불끈 쥐었다.

"니 말대로야.『신곡』에서 그 일곱 가지 죄를 지은 사람들이 가는 곳은 지옥이 아니라 연옥이야. 지옥에는 대죄보다 더 큰 죄를 지은 사람들이 가는 거지."

"이를테면 자살?"

"염소수염, 너는 날로 똑똑해지는구나. 맞아, 니 말이 맞아. 디스 성(Dis 城)보다 더 깊은 곳에 있는 제7지옥에 자살자를 위한 특별한 공간이 있지."

나는 자살이 교만보다 훨씬 죄질이 나쁘다는 그 누군가의 판단에 이의를 제기할 수도 있었지만 그보다는 이제 그만 이야기의 결론을 듣고 싶어졌다.

"그러고 나서 〈21세기 괴수대사전〉에 등재될 예정인 조경수가 니가 근무하던 그 병원에서 자살을 했다는 거야? 뒤통수가 아파서?"

"자살은 했어. 당근 그런 어이없는 이유는 아니구. 깨어나기는 바로 깨어났는데 상태가 완전치 않아 경과를 지켜볼 겸 며칠 병원에 머무르게 했거든. 근데 그만 그사이에 자살을 한 거야. 이불을 뜯고 끈을 만들어 목을 맸지. 죽으면서 오줌도 쌌구. 끔찍했어, 정말 끔찍했어."

모두의 머릿속 스크린에 얼추 비슷한 영화들이 상영되고 있는 듯했다. 붉은머리의 짙고 검은 눈썹이 이상한 각도로 구부러졌다.

"니가…… 니가 그런 거니?"

"뭘?"

"니가…… 그러니까 자살의 확률을 인위적으로 높이기 위해 손을 쓴 거냐구? 약을 먹이거나 말로 충격을 주거나, 뭐 그런 얘기인 거야? 내 손으로 직접 죄책감이라곤 눈곱도 없는 죄인을 처단한다, 뭐 그런 스토리인 거야?"

"아니."

붉은머리의 표정이 한결 밝아졌다. 내 팔뚝에 잠시 돋았던 소름도 사라졌다.

"절대 아니야. 니들도 내 성격 알잖아. 내 손으로 직접 죄인을 처단해? 큭큭. 내 손이 다 웃겠다. 얌마 붉은머리, 니가 지난번에 그랬잖아. 어떤 오래된 중국 사람이 자기 몸의 터럭 하나를 뽑아 천하를 이롭게 한다고 해도 결코 자신의 몸에 손을 대지 않았다구. 내가 바로 그 사람의 환생일 거야. 그런 천하에 쓸모없는 걱정일랑

집어넣어 둬."

"그럼 뭐야? 그런 무시무시한 괴물 같은 인간이 갑자기 자신의 죄를 부끄러워하거나 뉘우칠 리두 없었을 거구."

"아주 가까워졌어, 염소수염. 한 걸음만 더 내딛어 봐."

수학적으로 접근할 수 없다면, 나는 쉽게 포기한다.

"모르겠어."

"편집장 너는?"

"나두 포기."

"실망스럽게도 둘 다 포기군. 좋아. 이렇게 한 번 시작해 보자구. 살인을 저지른 자는 자살을 할 수 없다, 라는 수학으로도 의학으로도 신학으로도 뒷받침은 안 되지만, 우리들의 이성과 경험이 강렬하게 옹호하는 명제를 정면으로 거스르는 살인자가 우리 앞에 있는 거야. 여기에 다시 '왜'가 출현하는 거지. 왜일까?"

과체중 의사 김대용은 불필요하게 이야기에 뜸을 들였지만, 나는 이해해 주겠다고 마음먹었다. 그건 내 수학적 상상의 국경선 밖에서 일어난 일이었다. 그 정도는 기다려줘야 했다.

"기억을 잃었어. 의식을 되찾았는데…… 쉽게 말해 기억상실증에 걸린 거지."

"그럼, 자신이 저지른 살인에 대한 것도 깡그리……."

붉은머리의 질문이 2초만 늦었으면 내가 똑같은 질문을 하고 있을 터였다.

"응, 자신의 악행을, 다른 사람은 아무도 용서 안 했는데 싸그리 다 잊었더라구. 처음에는 이놈 참, 인생 편리하게 사는구나, 했었는데, 그게 아니었어. 지도 답답한지 자신이 저지른 사건 기사가 나 있는 신문들을 구해 달라 하더라구. 혹 기억이 되돌아올까 싶어 살뜰하게 챙겨줬는데, 그게……."

"기억을 잃고 나니까…… 자신의 과거를 다 잃고 나니까…… 뭐야, 그제야 지가 저지른 죄에 비로소 죄책감 같은 걸……."

과체중 의사가 눈 깜빡할 사이에 육중한 엉덩이를 들썩이더니 뒷주머니에서 마술처럼 꺼낸 분홍색 손수건으로 야무지게 안경알을 닦기 시작했다.

"너희들도 기억을 잃지 않도록 조심해. 미처 깨닫지 못했던 죄들이 너의 목을 조를지도 몰라. 아니면 그에 대비해 신을 믿어두든가. 도스토예프스키였을걸, 인간은 자살하지 않고 살기 위해 신을 생각해 낸 것이다."

"『악령』에서 키릴로프가 한 말이지, 그리고……."

그런 좋은 기회를 붉은머리가 놓칠 리 없었다. 과체중 의사랑 같은 독서 클럽에라도 들었던 걸까?

"그리고, 라틴아메리카 소설가 로베르토 볼라뇨는 '우리 기독교인은 자위를 하면 했지, 자살은 하지 않아.'라고 했거든. 돌팔이 의

사 니 말, 명심하지. **신을 믿거나, 기억을 잃지 않거나.** 미처 깨닫지 못한 죄가 내 목을 조르지 않도록 말이야."

나는 내 미처 깨닫지 못한 죄에 대해 잠시 명상했다.

전당포

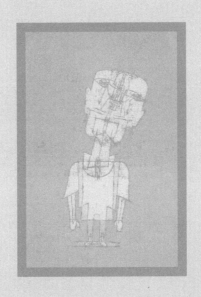

우리는 다른 사람이 무엇 때문에 행복해하는지 알 수 없다.
— 플리니우스

택시기사 문 씨는 막다른 골목에 몰렸다.

정 박사를 만난 후부터 일이 꼬였다. 처음에는 우연이라고 생각했다. 강남역에서 불광2동 주민센터 주변 구불구불한 골목길까지 술에 취해 뒷자리에 조용히 쓰러져 있는 취객을 날랐다. 그리고 며칠 뒤 다시 강남역 근처에서 같은 손님을 태웠다. 처음 탔을 때 워낙 취해 있어서 못 알아볼 줄 알았는데 반갑게 아는 체를 했다. 흔히 있는 일은 아니었다. 정 박사는 목소리가 좋고 남의 이야기에 맞장구를 잘 쳐주는 남자였다. 대기업 산하 경제연구소에서 근무하던 중 상사의 사소한 비리를 눈감지 못하고 순진하게 윗선에 보고했다 잘렸다고 했다.

인왕시장을 지나고 있는데 정 박사에게서 전화가 왔다. 목소리를 잔뜩 낮추고 몇 번 줄다리기를 하더니 정 박사가 그럼 9시까지, 라며 전화를 끊었다. 그러고는 미안한데 요금을 더 쳐줄 테니 북한산로로 해서 의정부까지 가줄 수 있겠냐고 했다. 선선히 그러자 하고 급한 일이냐 물었더니 처음에는 얼버무리다 몇 번 끈질기게 되묻자 카드를 너무 좋아해서 그만둬야지 하면서도 하우스에 발을 못 끊고 있다고 했다. 의정부 시청 뒤편 주택가에 정 박사를 내려주고 바로 돌아왔어야 했다. 잠깐 구경을 해도 되냐고 했더니, 그럼 천천히 놀다가 새벽에 돌아갈 때 자신을 태워주면 하루치 일당을 주겠다고 제안했다. 택시에서 내리자 정 박사는 매우 키가 컸다.

처음에는 정 박사가 게임하는 걸 지켜보기만 했다. 새벽 5시까지 정 박사는 100만 원을 조금 넘게 땄다. 가래 섞인 웃음소리가 끊이지 않았다. 기분이 좋아졌는지 문 씨에게 잃어도 좋으니 자신의 돈으로 잠깐 게임을 해보라 하고는 밖으로 나가 버렸다. 한 시간쯤 뒤 정 박사가 돌아왔을 때 문 씨는 그가 맡긴 칩을 그대로 돌려줬다. 정 박사는 다 까먹을 줄 알았는데 놀랐다고 했고 같이 게임을 하던 사람들도 어수룩해 보이던데 의외로 싹수가 보인다고 했다.

그 후로 택시기사 문 씨는 가끔은 정 박사와 함께 때로는 혼자서 하우스에 출입을 했다. 딸 때도 있고 잃을 때도 있고 승률은 그저 반반 정도려니 여겼는데, 한 달이 지나고 보니 엄청난 돈을 잃은 후였다. 게임도 게임이지만, 게임 때문에 택시를 세우고 하루를 공쳐야 해서 그것도 무시 못할 손해였다. 이대로 멈추지 않으면 끝장일지 모르겠다는 생각에 가끔 정신이 번쩍 들고는 했지만 딱 그 순간뿐이었다. 정 박사의 말처럼 끊기가 쉽지 않았다. 카드를 몇 개 만들어 이리저리 돌려 막고 사채에도 손을 대고 택시 회사에 주머닛돈까지 꼴아박으면서도 하우스에 발을 끊는 건 쉽지 않았다.

택시기사 문 씨는 하우스에 발을 들여놓은 지 4개월 만에 지금까지 6년 넘게 기사 생활을 하면서 통장에 입금된 돈의 총합을 훌쩍 넘는 돈을 날렸다. 매우 압축적인 4개월이었다. 이자들이 이곳저곳에서 잡초처럼 자라났다. 택시기사 문 씨는 막다른 골목에 몰렸다.

그때 하우스에서 만난, 여관 두 채를 경영한다는 조 씨에게서 장기 밀매 업자를 소개받았다. 하느냐 안 하느냐는 나중에 결정하고 일단 받을 수 있는 돈이 얼마나 되는지 확인만 하자는 심정에 업자를 만났는데 거기도 최소한의 윤리는 있는지, 몇 가지 검사를 하더니 혈당 수치가 높아 이식은 생각도 말라며 퇴짜를 놓았다. 정 해 달라면 해주겠지만 생명보험부터 들라고 업자는 농담 같지 않은 농담을 했다. 택시기사 문 씨는 정말로 막다른 골목에 몰렸다.

그때 정 박사가 시간이라도 팔지 않겠냐고 제안해 왔다. 시간을 맡아주는 전당포가 있다는, 코흘리개도 믿지 않을 얘기였다. 몸뚱이로 안 되니까 이제 별걸 다 팔라는구나 하는 생각에 기가 막혔지만, 함정이라는 게 불 보듯 뻔했지만, 다른 수가 없었다. 함정이 있으면 빠지고 불섶이 있으면 뛰어들고 절벽이 있으면 뛰어내리고 썩은 동아줄이 내려오면 그거라도 잡고 늘어져야 할 형편이었다.

　정 박사가 알려준 곳은 안산시 외곽의 오래된 상가 건물이었다. 3층짜리 동서로 기다란 건물이었는데 대낮인데도 인적이 뜸했고 깨진 창문만 없다뿐이지 얼핏 봐서는 아무도 입주해 있지 않은 버려진 건물 같았다. 1층 서쪽에 있는 시계점에만 불이 환했다. 건물 중앙 입구 근처에 택시를 세우고 문 씨는 잠시 망설였다. 함정일 수 있다는 건 진즉 알고 있었지만 막상 자진해서 걸어들어가는 데에는 다른 차원의 용기가 필요했다. 건물 뒤편 야트막한 하늘로 두꺼운 먹구름이 불길하게 흐르고 있었다. 문 씨는 두 명의 코미디언이 시시껄렁한 말장난을 주고받는 라디오를 끄고 택시에서 내렸다. 당장이라도 하늘에서 비가 쏟아질 것 같았다.
　중앙 입구로 들어가 문 씨는 좌우를 살폈다. 직선으로 나 있는 기다란 복도에는 아무도 없었다. 복도에 깔린 어둠은 문 씨에게서 멀어질수록 점점 짙어져 복도의 끝 부분, 건물의 동편과 서편 끄트머리에는 뭐가 있는지 잘 보이지 않았다. 문 씨는 핸드폰을 꺼내 재차 주소를 확인했다. 306호였다. 그나마 중앙 계단은 건물 뒤편에 크게 난 들창 덕분에 환했다. 문 씨는 계단을 오르기 시작했다.

벽이 있었다. 2층에서 3층으로 올라가는 계단이 있어야 할 곳에 계단 대신 벽이 있었다. 막다른 계단이었다. 함정에 빠지는 일도 호락호락하지만은 않았다. 3층으로 올라가는 길을 찾기 위해 어둠이 점거한 건물 1, 2층을 한참이나 뒤지고 다닌 끝에 문 씨는 건물 1층 동쪽 끝에서 한 몇 년은 작동한 적이 없는 것처럼 보이는 허름한 엘리베이터를 발견했다. 엘리베이터 형광등은 규칙적으로 깜박댔고 구석에는 낡은 거미줄 다발이 늘어져 있었다.

3층에서 내리니 기다렸다는 듯 젊은 남자가 다가와 용건을 물어왔다. 반말은 아니었지만 어딘지 위협적인 말투였다. 검은 표지로 된 서류철을 건성으로 뒤적이더니 남자는 문 씨에게 따라오라며 3층 복도를 걷기 시작했다. 나는 지금 서쪽으로 가고 있는 거야, 라고 문 씨는 혼잣말을 했다. 남자는 심한 팔자걸음이었다. 3층 복도는 아무렇게나 접힌 빈 박스와 용처를 알 수 없는 버려진 천쪼가리들로 지저분했다. 여전히 인기척은 없었고 두 사람의 발자국 소리만이 복도의 이쪽 저쪽을 바삐 횡단했다. 엘리베이터의 반대편, 3층 복도의 서쪽 막다른 끝에는 극장에서나 볼 법한 방음 처리가 된 두툼한 문이 벽을 가득 채우고 있었다. 남자가 흰 단추를 누르자 잠시 불길한 소리가 이어졌고 드디어 전당포의 육중한 문이 열렸다.

깃이 큼직한 하얀 와이셔츠와 물 빠진 청바지를 입은 남자가 문 씨에게 다가와 악수를 청하지도 않고 입을 뗐다.

"처음 오는 사람들은 백이면 백, 왜 계단을 사무실로 쓰고 있냐고 묻죠. 저는 그냥 제가 좋아서요, 라고 대답하구요."

반박할 수 없는 말이었다. 전당포에서 시간을 거래한다는 게 수상쩍은 거지 계단을 사무실로 쓰는 건 있는 사람들의 악취미쯤으로 봐줄 만했다.

"처음 이 건물을 살 때만 해도 이렇게 복잡한 구조는 아니었어요. 사고 나서 제일 먼저 3층으로 올라오는 계단을 막았어요. 그리고 지금 우리가 있는 서쪽 계단실로 통하는 통로들도 죄 막았구요. 그래서 지금 여긴……."

문 씨는 자신을 느닷없이 가로막던 막다른 계단을 떠올렸다. 건물을 사서 맨 먼저 한 일이 계단을 막는 일이었다는 전당포 주인에게서는 움직일 때마다 나프탈렌 냄새가 났다.

"일종의…… 고립된 섬 같은 구조인 거죠. 입구는 3층에만 있구요. 창문도 없앴어요. 그게 여러모로 편리하거든요. 성가시게 방해받는 건 딱 질색이니까."

문 씨는 나프탈렌 남자를 따라 가파른 계단을 내려가기 시작했다. 계단은 복도보다 훨씬 어두워 앞서 가는 남자의 하얀 등짝이 어둠 속에서 돌연 사라지고는 했다. 문 씨는 난간을 꼭 잡은 채 나프탈렌 남자로부터 멀리 떨어지지 않도록 서둘렀다.

한참을 내려가다 만난 계단참에서 문 씨는 이상한 광경을 목격했다. 좁은 계단참에 작은 책상 하나가 놓여 있었고 책상과 벽 사이 얇은 틈에 정장을 입은 사내가 납작하게 낀 채 책상 위를 무질서하게 뒤덮고 있는 서류들을 정리하고 있었다. 문 씨가 헉, 하고 짧은 소리를 내지르자 나프탈렌 남자가 돌아섰다.

"놀라지 마세요. 사무실이니까 사무원이 있는 겁니다. 아, 그리고 통로가 좁으니 지나가다 서류를 건드리거나 떨어뜨리지 않도록 조심하세요. 자칫 서류가 섞이면 돌이킬 수 없는 일이 일어날 수도 있거든요."

문 씨는 나프탈렌 남자를 따라 계단 난간이 디귿 자로 꺾어지는 부분과 책상 사이의 좁은 틈을 비집고 지나가야 했다. 주의를 받은 대로 서류를 만지거나 책상을 밀치지 않도록 문 씨는 조심했다. 그러자 다시 컴컴하고 가파른 계단이 되풀이됐다.

"깜깜해서 불편하실 수도 있겠지만, 금세 익숙해지실 겁니다. 인간이라는 게 그렇거든요. 빛이 부족하면 빛이 부족한 대로, 공기가 부족하면 공기가 부족한 대로, 돈이 부족하면 돈이 부족한 대로 살아가기 마련이거든요."

반박하고 싶었지만 문 씨는 어둠 속에서 어른거리는 하얀 와이셔츠를 따라 아래로 내려가는 일에 온 신경을 집중해야 하는 처지였다. 이번 계단은 앞서 내려왔던 계단보다 훨씬 길게 느껴졌고 어둠은 좀처럼 눈에 익지 않았고 문득 문 씨는 목이 말라 왔다. 그리고 다시 계단참이 나타났다. 이번에도 정장을 입은 사무원이 좁은 책상 위에서 사무를 보고 있었다. 문 씨는 계단과 난간 사이의 좁은 틈을 다시 지나며 책상 위에 마구잡이로 흩어져 있는 서류들을 살짝 훔쳐봤는데, 몇 가지 직선으로 된 도형들과 손으로 단정하게 적은 숫자들이 눈에 들어왔다. 물론 문 씨는 그 의미를 알아낼 수 없었다.

"계단이 직선이라 다행이지요, 그렇지 않습니까?"

어떻게 대답해야 할지 몰라 침묵을 지키다가 바보 같은 질문에는 일일이 대답하지 말자, 라고 문 씨는 결론내렸다. 계단을 내려가는 일만 해도 문 씨에게는 충분히 버거웠다. 문 씨는 자신도 모르게 곡선으로 된 계단을 상상하며 직선으로 된 계단을 내려갔다. 계단은 끝없이 계속되는 것 같았다. 3층에서 내려온 건 틀림없는데 내려온 거리만 생각하면 족히 10층은 넘게 내려온 것 같았다.

"여기가 도대체 몇 층인가요?"

이번에는 나프탈렌 남자로부터 아무런 대답도 없었다. 함정이 아니라 바닥을 모른다는 지옥으로 가고 있는 게 아닐까, 하는 그런 생각을 문 씨는 했다.

"다 왔습니다. 거기 앉으시죠."

안도감이 밀려왔다. 의자도 없고 편평한 곳도 따로 없었으므로 문 씨는 계단에 그냥 앉았다. 그리 멀지 않은 계단참에 나프탈렌 남자가 서 있었다. 갑자기 뭔가 긁히는 소리가 나더니 책상 위 양초에 불이 붙었다. 충분치 않은 빛이었지만 문 씨는 처음으로 나프탈렌 남자의 얼굴을 제대로 볼 수 있었다. 처음 봤을 때보다 훨씬 더 어려 보였다.

"시간을 맡기러 온 거죠? 사러 온 게 아니라?"

이번에는 빈 책상이었다. 정장 사무원과 서류 대신 양초인 셈이었다. 이제부터 본격적인 시작이라는 생각이 들었다. 함정의 시작.

"여기서 살 수도 있는 건가요…… 시간을?"

"돈이 있다면, 돈이 있다면 가능하죠…… 그런데…… 그쪽에는 해당 사항이 없어 보이네요…… 뭘 맡길 건가요? 과거요? 미래요?"

나프탈렌 남자가 빈 책상 위에 걸터앉자 벽면에 커다란 거인 그림자가 등장했다. 겁을 주려는 상투적인 속셈이겠지만 당하고 있지만은 않겠다고 문 씨는 다짐했다.

"어느 쪽이 더 비싸죠?"

"음…… 직업이?"

나프탈렌 남자가 어디까지 알고 있는지 알 수 없으니 문 씨는 섣불리 거짓말을 할 수 없었다.

"택시를 몹니다."

"개인? 아니면 회사 차?"

"회사 찹니다."

"보통이라면 미래가 더 비싸긴 한데…… 회사 차를 끄는 택시기사의 미래라…… 많이 쳐 드리기가 쉽지 않겠네요. 저라면…… 과거를 맡기겠어요."

나프탈렌 남자는 책상에 걸터앉은 채 발을 까닥거리고 있었다.

"과거든 미래든…… 어느 쪽이든 여기에 맡기고 기한 내에 돈을 돌려주지 않으면…… 수명이 주는 건가요?"

"이런 이런…… 설명을 하나도 못 듣고 오셨구나. 일처리가 이렇다니까."

나프탈렌 남자가 난데없이 책상에서 벌떡 일어났다. 다리가 유난히 짧은 벽 위의 검정색 거인도 따라 일어났다. 나프탈렌 남자는 고개를 하늘로 젖히고 소리를 질렀다.

"누구지? 여기 이 고객님을 일루 보낸 놈이."

"정 박사입니다."

조금 시간을 두고 저 멀리 위쪽에서 답이 있었다. 아득히 먼 곳에서 들려오는 소리였다. 지상으로 올라가 다시 빛을 볼 수 있을까, 문 씨는 조바심이 났다.

"실수가 있었네요. 뭐 특별한 문제가 있는 건 아니니 긴장 푸세요. 정 박사가 설명을 빠트렸네요. 수명이 준다구요? 큰일 날 소리. 저승사자도 아니고 저희가 어떻게 수명을 줄입니까. 저희가 맡아두는 건 기억이에요. 우리는 잠시 고객님의 기억을 맡아두죠. 모든 걸, 여기 이 계약서대로 말이에요."

나프탈렌 남자는 어느새 손에 든 서류철을 톡톡 두드려 보였다.

"저희가 고객님의 기억을 가져가면 원래는 고객님의 시간이었지만, 실질적으로 소유권을 주장하기는 힘들어지거든요. 간단히 말해 기억이 없으면, 시간도 없어지는 거죠."

문 씨는 무의식중에 고개를 끄덕였다. 나프탈렌 남자는 서류철을 그에게 던졌다.

"시간은 충분히 드릴 테니까, 한 줄도 빼놓지 말고 꼼꼼히 다 읽은 후에 사인하세요. 뒤에서 컴플레인하거나 뒤통수치는 건 딱 질색이니까."

서류에서는 남자에게서 나는 것보다 10배는 독한 나프탈렌 냄새가 났다.

전당포의 일처리는 뱀장어처럼 매끄러웠다. 택시기사 문 씨는 자신의 가장 행복했던 기억을 끝도 없던 계단이 있던 전당포에 맡겼고 그 다음날 자신의 빚을 모두 갚을 수 있는 돈이 통장에 입금되었다. 함정이라기에는 모든 게 터무니없이 간단했고 불분명한

데라고는 전혀 없었다. 하우스에 밀린 빚을 청산하고 문 씨는 다시 택시를 몰기 시작했다. 도박은 끊었지만 정 박사를 만나보려고 몇 번 하우스에 들렀는데 그쪽에서도 연락이 도통 안 된다고 했다. 정 박사를 만나면 사례를 할 작정이었는데 연락이 두절되어 섭섭했다. 나프탈렌 남자에게 해코지라도 당한 건 아닌지 걱정이 됐다. 한편 문 씨는 괜찮았다. 문 씨에게는 아무 일도 없었다. 함정 따위는 없었다. 가장 행복했던 기억을 맡겼지만 그 기억에 대한 기억 자체가 없어졌으므로 문 씨는 아무렇지 않았다.

그리고 두 달 뒤에 외할머니가 돌아가셨다는 전갈이 왔다. 몸에 꼭 붙는 회색 정장을 입은 변호사가 가져온 소식이었다. 그때까지 문 씨에게 외할머니란 한 번도 본 적 없는 식충식물이나 외계인과 다름없는 존재였다. 문 씨의 엄마는 그가 고등학교 때 돌아가셨고 그로써 문 씨와 그쪽 일가붙이들이 연결된 희미한 핏줄은 뚝 부러지고 말았다. 돌아가시기 전 아버지에게 듣기로는 어머니는 당신과 결혼하느라 부모들과 절연을 했다고 했다. 돈이 썩어 넘치는 집이니 힘들면 한번 찾아가 보라는 무책임한 유언을 아버지는 남겼지만 문 씨는 내키지 않았다. 친척이라고는 하지만 생판 모르는 그들에게 손을 벌리는 게 구걸이나 다를 바 없이 여겨졌기 때문이었다. 그런데 이제 난생 처음 만나는 변호사라는 남자가 외할머니가 죽었다는 소식과, 그의 몫으로 남겨졌다는 돈을 들고 문 씨를 찾아왔다. 외할머니와 유산도, 어쩌면 지옥까지 이어져 있을 전당포가 그랬듯 함정이 아니었다. 진짜였다. 며칠을 고민하다 택시기사 문 씨는 전당포에 돈을 돌려주고, 이제는 자신의 손에서 떠난, 기억나지도 않는 자신의 가장 행복한 기억을 되찾아오기로 했다.

　지난번보다 절차가 까다로웠다. 지난번에 만났던 3층의 팔자걸음 사나이는 문 씨가 마치 처음 보는 사람인 양, 의미 없는 질문들을 늘어놓았고, 계속해서 여기저기 전화를 하며 무언가를 확인했다. 내내 입을 가리고 통화를 해 문 씨는 내용을 알 길이 없었다. 3층 엘리베이터 앞 지저분한 복도에서 한 시간 넘게 기다렸을까, 비로소 전당포의 무거운 문이 열렸다. 희미한 하얀색 와이셔츠와 희박한 나프탈렌 냄새를 좇아 내려갔던 어두운 계단을 떠올리자 문 씨는 간절히 되돌아가고 싶어졌지만 자신의 기억을 거기다가 남겨두는 게 왠지 찜찜했다.

　전당포는 그때 그대로였다. 다시 한 번 문 씨는 나프탈렌 남자와 함께 끝없고 가파르고 어둡고 소리가 먹먹해지고 갈증이 유발되는 계단을 내려갔다, 양초가 있는 책상이 나올 때까지.

　"돈을 갚으러 오셨다구요. 맡겼던 기억을 찾으시려구요?"

　"네."

　"복권이라도 맞으신 건가요? 행복한 기억을 맡기고 기한 안에 다시 찾으러 오는 고객은 열에 한 분도 안 되는데."

기억을 돌려받는 일이 어쩌면 기억을 맡기는 일보다 더 힘들지 모르겠다고 문 씨는 생각했다.

"약속대로 기억을 돌려주시죠."

"그럼요, 당연히 약속, 아니 계약대로 해야죠."

나프탈렌 남자는 촛농이 드문드문 떨어져 있는 서류를 펴서 잠시 살펴보나 싶더니 바로 덮고는 문 씨를 똑바로 쳐다보면서 입을 열었다.

"그런데…… 한 가지 옵션이 더 있어요."

함정일지 모르니 여기서부터 정신을 바짝 차려야겠다고 택시기사 문 씨는 마음먹었다.

"절대 고객님께 강요하는 건 아녜요…… 다시 말씀드리지만 원하시면 당장이라도 돈을 돌려주시고 그때 맡겼던 기억을 되찾아가실 수도 있어요. 그런데 또 하나의 옵션은…… 한번 들어보세요, 절대 기회를 놓치고 싶지 않을 테니. 다른 하나의 옵션은 자신의 기억이 아니라 다른 사람의 기억을 사 가시는 거예요. 다른 사람의 가장 행복했던 시간을 자기 걸로 만드는 거예요, 비슷한 금액으로. 아니, 첫 거래니까 10퍼센트 디스카운트 해드리죠."

나의 가장 행복했던 기억과 타인의 가장 행복했던 기억, 그 둘 사이에서 문 씨는 그리 오래 고민하지 않았다.

"그거 재미있겠네요. 다른 사람의 시간으로 하죠. 그런데…… 미리 그 내용을 한눈에 볼 수 있는…… 메뉴판 같은 게 있나요?"

마술 사진기

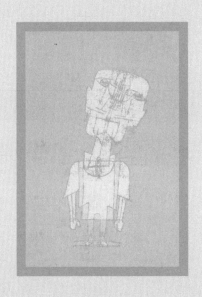

재능이 있다고 그걸로 꼭 뭘 해야 하는 것은 아니다.
—커트 보니것

꽤 오래전 이야기다. 나는 한때 신학(神學)에 빠졌었다. 하나님의 전지전능함과 얼핏 그와 모순되는 것 같은 악의 존재에 대해, 한 번도 정시(定時)에 찾아오지 않은 최후의 심판에 대해, 신에게서 부여받았다고 하는 인간의 자유의지가 갖는 모호한 경계에 대해, 다윗의 진정한 적자(嫡子)인 예수의 숨겨진 형제에 대해, 천사의 성(性)에 대해, 인간이 신으로부터 구원받을 수 있는 조건에 대해, 나로서는 도무지 상상이 되지 않는 다수의 독립적인 자유의지를 갖는 선한 사람들이 공동 생활을 해야 할 천국에 대해 ── 천국에 갈 자격이 충분한 선인(善人)에게도 또 다른 선인의 존재란 성가심이나 괴로움, 더 나아가서는 증오의 근원에 불과하지 않을까?

내가 생각하기에 천국의 최대 수용 인원은 세 명이다, 그것도 아주 운이 좋은 경우에만 ─, 태어나자마자 죽은 영아들이 간다는 지옥의 변방, 림보(Limbo)에 대해, 예수의 신성(神性)과 인성(人性)에 대해, 그 모든 것에 대한 진정한 지식을 허락받기 위해 수많은 책장을 넘겼다, 팔랑.

내 기억 속 A대학 도서관은 언제나 늦은 오후의 태양이 달인 홍찻빛 공기 속에 조용히 잠겨 있었다. 도서관으로 올라가는 계단 앞에는 벽돌이 바닥에 깔린 작은 광장이 있었다. 불면 훅 날아갈 것 같은 고운 붉은 점토가 표면이 거친 회색 벽돌들을 갈라놓고 있었다. 거기에 서면 내 검붉은 그림자가 광장 바닥에 사선으로 길게 누웠다.

신과 관련된 모든 진리에 너무나 목말라 있던 내게는 한 권의 책을 첫 장부터 마지막 장까지 읽어 내려갈 인내심이 없었다. 나는 나비처럼 이 책에서 저 책으로, 팔랑, 날아다녔다. 야코부스의 『황금전설』에서 세례자 요한의 참수된 목이 겪어야 했던 모험을 넋을 잃고 좇아가다가, 다시 칼뱅 주석의 「누가 복음」에서 마리아-가브리엘 콤비가 열연하는 수태고지를 잠시 감상하다가, 인상적인 구절이 많아 몇 번이고 거듭 읽었던 아우구스티누스 『고백』의 제7권 「철학을 통한 해명」에서 마침내 완전히, 팔랑, 길을 잃었다.

마술 사진기를 만난 날, 나는 A대학 도서관에서 고대 랍비들이 쓴 야곱 일가의 일대기를 현대적으로 재구성한 『야곱의 사다리』라는 책을 읽고 있었다. 조금 읽다 저자가 언급한 폴 고갱의 「천사와 씨름하는 야곱」이라는 그림이 보고 싶어져 그만 책을 덮었다, 팔랑. 도서목록표를 찾아보니 폴 고갱의 삶과 그림을 담았다는 『우리는 어디에서 왔는가? 우리는 누구인가? 우리는 어디로 가는가?(Doù Venons Nous? Que Sommes Nous? Où Allons Nous?)』라는 긴 제목의 책이 마침 대출 가능 상태였다. 청구기호가 6자로 시작되는 서가에 가보니, 책이 있어야 할 자리에 책은 없고, X자형 원목 책받침 옆 빈 서가 위에 카메라가 한 대 놓여 있었다. **누군가 책을 빌리러 왔다가 카메라를 놓고 갔구나.** 책받침에 기대어 있던 『수백 가지 천사의 얼굴』이란 책을 즉흥적으로 뽑아 들고 자리에 돌아왔다. 다시 조금 뒤 천사들의 지리한 계급 구조와 죄 비슷비슷하게 생긴 얼굴들에 질려 책을 돌려놓으려 서가에 가니 카메라가 여전히 그 자리에 있었다. 책을 제자리에 꽂고, 카메라를 들고, 밖으로 나왔다.

시간은 오후 2시였다. 태양은 뜨겁지도 냉정하지도 않았다.

뭐라고 딱 정의하기 힘든 카메라였다. 필름카메라가 아닌 건 틀림없는데 메모리 카드를 넣을 슬롯이 보이지 않았다. 보통이라면 바닥이나 측면에 있기 마련인데. 뷰파인더도 없고, 모드 조절 다이 얼도 없고, 플래시도 없고, 심지어는 전원 단추도 안 보였다. **맘대로 끌 수 없다는 거네.** 그러고 보니 배터리를 넣는 곳이나 충전 단자 같은 것도 없었다. **그냥, 검정 카메라군,** 나는 일부러 매정하게 말했다. 렌즈와 LCD 화면과 ——LCD 화면을 끌 수도 없었다, 처음부터 켜진 그대로였다. 하지만 별로 놀랍지 않았다 ——셔터 단추가 전부인 그냥 검정 카메라였다.

이리저리 돌려보았지만 렌즈는 몸통에서 분리되지 않았다. **아무 것도 뜻대로 되지 않는 날이야.** 그러고 보니, 분명 대출 가능이라고 표시되어 있던 『우리는 어디에서 왔는가? 우리는 누구인가? 우리는 어디로 가는가?』도 제자리에 없었다.

렌즈 둘레에는 숫자가 적혀 있었다; +∞에서 -∞까지. 하지만 렌즈를 돌려보니 +10에서 -10까지만 움직였다. **닿을 수 없다면 무한대가 다 무슨 소용이람.** 나는 갑자기 신이 정말로 존재하지 않을 지도 모른다는, 해서 자동적으로 구원 같은 것도 없을지 모른다는 불길한 예감이 들었다. 찝찝한 생각을 떨쳐버리려 다시 한 번 무한대 쪽으로 렌즈를 힘껏 돌려보았지만 여전히 +10에서 렌즈는 요지 부동이었다. +10과 -10, 그게 바로 이 렌즈의 한계였다. **렌즈에게도 자유의지가 있을까?**

수동 필름카메라는 보통 렌즈 주변에 초점거리와 조리갯값이

적혀 있는 법이다. 드물지만 셔터 속도가 함께 적혀 있는 모델도 있었다. 렌즈 안에 셔터가 장착되어 있는 일반적인 리프 셔터(Leaf Shutter) 카메라는 셔터 속도가 1초에서 빠르게는 1/500초 정도였다. **무한대의 셔터 속도라니, 그게 무슨 잠꼬대 같은 소리야, 일반특수성 상대 이론도 아니고.** 조리갯값은 구멍이 열리는 크기니까 애당초 양으로든 음으로든 무한대라는 건 말이 안 되는 소리였고, 그나마 가능성이 있는 건 초점거리인데, 조리개를 최대로 조여 피사계 심도를 깊게 만들면 +∞로 맞출 수는 있겠지만, -∞라는 초점거리가 성립할 수 없다는 것은 자명했다. 카메라의 등에 눈이 있어서 카메라를 들고 있는 자의 영혼 가장 깊숙한 곳을 들춰볼 수 없다면 말이다.

정류장에 한가로이 서 있는 버스를 찍어보았다. 철컥, 생각보다 큰 소리가 났다. 전자식이 아닌, 기계와 기계가 서로 몸을 맞부딪치며 내는 진짜 소리였다. 소리가 나면서 카메라 몸체가 잠깐 부르르 떠는 것 같기도 했다. 사진은, 나쁘지 않았다. 다만 전체적으로 색상이 미묘하게나마 노랗게 들떠 보였다. 오후 2시 40분의 사진 속, 흰색 버스 번호의 바탕이 파랑보다 초록에 가까워 보였다. 이제 그 기능이 무엇인지 알아내려 끙끙대기를 단념한 +10과 -10 사이에서 이렇게 또 저렇게 렌즈를 돌려보았지만 사진은 아무것도 변하지 않았다. 그렇게 보였다.

돌연 잊었던 선약이라도 떠올린 듯 버스가 황급히 움직였다. 나는 셔터를 눌렀고, 찰나 소년 하나가 버스 안에서 내게 손을 흔들었다. **소년은 버스 안에 있고 나는 버스 밖에 있는 거야.** 단순한 즐거움의 표시인지, 자신을 찍어 달라는 신호인지, 반대로 찍지 말라는 거부의 표시인지 불분명했다. 사진으로 봐도 마찬가지였다. 사진 속 소년은 이미 버스 안으로 주의를 돌린 후라 뒤통수와 등밖에는 보이지 않았다. 사진을 찍기 가장 좋은 곳은 의외로 버스일 수도 있겠다는 괴상한 생각이 번뜩 들었다. 몇 대를 그냥 지나친 다음 유난히 승객이 없어 보이는 버스에 올라탔다. **신이 없는 세상에서는 카메라가 신인 거지.**

차창 밖으로 얼굴을 내밀고 풀어헤친 머리를 뒤로 날리는 풍경들을 향해 마구 셔터를 눌러댔다. 흔해 빠진 풍경 사진들이 금세 카메라의 LCD 화면을 점령했다. 풍경의 개성도, 사진을 찍는 사람의 개성도, 사진기의 개성도, 버스의 개성도 찾아볼 수 없는 평범한 사진들이었다. **천국에서 사진을 찍으면 이렇겠지?**

나 말고는 내내 거의 승객이 없던 버스는 그런 데에는 관심도 없다는 듯 가파른 언덕길을 천연덕스럽게 기어갔다. 인적 드문 길 양편으로 슬레이트 지붕의 단층 주택들이 최소한의 숨구멍도 없이 다닥다닥 붙어 있었다. 언덕 꼭대기로 올라갈수록 버스 엔진의 들숨-날숨은 더욱 거칠어졌고, 바닥은 널뛰기라도 시키려는 듯 울퉁

104

불퉁해졌고, 길가의 집들은 더 낮고 더 작고 더 쓸쓸해졌고, 길들은 점점 더 구불구불해졌고 또 좁아졌다. **마치 골고다 언덕 같은데.** 길은 좁아지다 못해 마침내 버스 한 대가 간신히 지나갈 만큼의 폭으로 변했다. 내려오는 버스를 만난다면 이러지도 저러지도 못할 터였다. 버스만의 문제는 아닌 것이, 버스를 만난 행인들도 담벼락에 등을 바짝 붙이고 버스가 지나가는 동안 잠시 멈춰 서야만 했다. 벽에 납작 — 때로는 고개까지 모로 돌리고 — 붙어 있는 꼴이 흡사 먹을 감으러 계곡 바위에 벗어놓은 젖은 옷가지를 닮았다. 무척 위험해 보였지만 아무도 불만스럽거나 무서워하는 기색은 없었다. 오히려 개중에는 입이라도 맞추려는 것처럼 버스에 얼굴을 바짝 갖다 대는 까까머리 남자애도 있었고, 크레파스로 초침처럼 조심조심 움직이는 버스에 낙서를 하려는 계집애도 있었다. 나는 자주 사진 찍기를 멈추고 차창 밖으로 손을 내밀어 벽에 붙어 있는 어린애들의 머리를 쓰다듬어 주기도 했다.

그러다 갑자기 그것이 그냥 검정 카메라가 아니라 마술 사진기라는 것을 깨달았다. 그냥 검정 카메라가 아니라 마술 사진기. **골고다 언덕에서는 뭐라도 깨닫게 되는 법이지.** 어느 한 순간, 나는 우주의 원리와 신의 섭리 대신 +10과 −10의 비밀을, 렌즈의 믿을 수 없는 기능을 꿰뚫어보게 되었다. **사진들이 내게 계시해 준 거야.** 버스는 문득 편평한 곳에서 정차했다. 언덕이 마침내 끝났고 몰아쉬던

엔진의 가쁜 숨도 잦아들었다. 버스 한 대가 유턴하기도 벅찬 정말로 좁은 광장이었다.

"내리라고."

운전기사가 피곤한 얼굴에 담배 한 대를 난폭하게 꽂아넣고 차문을 날듯이 뛰어내려가며 말했다. 종점인 듯했다.

수줍은 태양이 이마 위에 걸려 있는 4시 20분의 조용한 마을이었다. 20평짜리 아파트 거실만 한 크기의 광장 가장자리로 버스가 올라온 고난의 길보다 훨씬 좁아 보이는 골목길들이 자라나 있었다. 그중 유난히 밝아 보이는 — 골목길이라면 볕이 잘 안 들어 광장보다 어두워야 할 텐데 꼭 하나 그렇지 않은 길이 있었다 — 길로 접어들었다. **이런 걸 신의 은총이라 부르는 걸까?** 잡초마냥 멋대로 자란 골목길로 몸을 구겨넣고 한 스무 발자국이나 걸었을까, 벽도 담도 마당의 포석도 온통 하얀 교회와 불쑥 마주쳤다.

성모 마리아 상 대신 성모 마리아를 상징하는 붉은 장미가 마당한 켠에 활짝 피어 있었다. 다행히 장미는 붉었다. 붉은 페인트를 들고 있는 트럼프 카드로 만든 세 명의 정원사는 보이지 않았다. 손바닥만 한 교회 마당 중앙에는 내 키를 조금 웃도는 삼각뿔 모양의 시계탑이 있었다. 안성맞춤이었다. 붉은 장미를 찍는 대신, 정면으로는 창이 하나도 없는 하얀 2층 교회 건물을 찍는 대신, 낮은 담장 위에 파릇파릇 돋아난 사금파리를 찍는 대신, 시계탑 속의 시계를 찍었다. 예수는 부활한 후 불신하는 토마에게 친히 나타나 자신의 오상(五傷) 중 하나인 옆구리에 손을 넣어보게 한 후 "너는 나를 보고서야 믿느냐? 나를 보지 않고도 믿는 사람은 행복하다."라고 일렀지만, 나는 시계탑 속의 시계를 찍었다.

그제서야 깨닫게-확인하게-믿게 된 마술 사진기의 마술이란 그런 거였다; +10에 맞춰놓고 사진을 찍으면 셔터를 누른 후 10초 뒤의 현실이 사진기에 나타난다. -10에 맞추어놓으면 이번에는 셔터를 누르기 10초 전의 현실을 사진기가 풍경에서 훔쳐온다. 정확히 4시 47분 28초에 렌즈를 +8에 놓고 셔터를 누르면 사진 속 시계는 4시 47분 36초를 가리켰다.

하지만 나는 마술의 목적을 알 수 없었다.

하지만 나는 신의 의도를 알 수 없었다.

10일이나 10시간이나 하다못해 10분이라면 또 몰라도, 10초라는 시간은 유용해지기에는 너무 짧은 시간이었다. +∞에서 -∞까지의 구간에 맞는 렌즈가 있다면 또 몰라도, 방금 전 내가 손으로 만져보고 확인한 마술은 아무데도 쓸모가 없어 보였다. 그때 갑자기 사진기의 LCD 화면이 꺼졌다. 보이지 않는 전원 장치가 드디어 죽은 듯했다. 나는 수명이 다한 마술 사진기를 교회 마당 붉은 장미 덤불들 사이에 숨겨놓고, 올라올 때는 버스를 타고 온 골고다 언덕을 맨발로 걸어내려가기 시작했다.

바리케이드

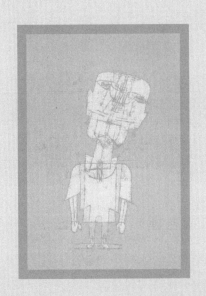

과거는 증가한다.
──파스칼 키냐르

전영준 씨는 두 달 전부터 매일 아침 출근길에 똑같은 생각을 했다. 저 길이 뚫리면 회사로 질러 갈 수 있을 텐데. 하지만 그 길은 주황색 드럼통 모양 바리케이드에 막혀 있었다. 벌써 두 달째였다. 공사가 느닷없이 중단되고 바리케이드가 길을 막았다. 공사를 진행하던 건설회사가 부도가 났다는 소문도 있었고, 오래된 도자기 몇 점이 발견되어 문화재관리청에서 공사를 잠정적으로 중단시켰다는 말도 들렸다.

살찐 괄호를 닮은 빗방울이 앞 유리창 위에서 드문드문 터졌다. 전영준 씨는 여느때처럼 그 막다른 길을 우회할 수도 있었지만 어째서인지 그날은 그렇게 하지 않았다. 그는 차를 세우고 바리케이드를 발로 밀어보았는데 생각보다 가벼웠다. 다섯 개의 바리케이드를 옆으로 옮기자 차가 간신히 지나갈 만한 공간이 생겼다. 자동차를 바리케이드 너머에 세우고 다시 돌아와 다섯 개의 바리케이드를 제자리로 옮겨놓았다. 어째서인지 그렇게 해두자 안심이 되었다.

예상과 달리 바리케이드 너머 잘 닦인 길이 꽤나 길게 이어졌다. 이렇게 공사를 많이 진행해 놓고 길은 저 앞에서 막아놓다니. 전영준 씨는 이유를 도무지 짐작할 수 없었다. 하늘은 시곗바늘을 손으로 돌리는 것처럼 황급히 맑아졌고, 풍경은 도무지 눈에 익지 않았고, 그렇게 도무지 영문을 알 수 없는 것들이 그날 아침에는 너무 많았고, 마침내 새로운 길이 뚝 끊겼다. 그러자 갑자기 내비게이션이 죽었다.

내비게이션은 멈췄고 그래서 길을 잃었지만 전영준 씨는 당황하지 않았다. 회사 근처에 이런 동네가 있다는 게 금시초문이기는 했지만 바리케이드들이 일렬로 서 있던 곳으로부터 회사까지는 멀어야 4, 5킬로미터가 고작일 터였다. 방향만 제대로 잡는다면 별어려움 없이 회사를 찾을 수 있을 것 같았다. 새로 닦인 길을 벗어나자 길바닥에는 잔 돌멩이들이 많아졌고 길가의 집들은 무채색으로 변했다. 차창 밖으로 보이는 풍경이 마치 20년 전 풍경처럼 느껴졌다. 차창을 조금 열었더니 차가운 바람이 불어왔다. 20년 전의 바람 냄새로군.

전영준 씨는 작은 가겟집을 발견하고 차를 세웠다. 태양은 분명 오늘의 태양인데 가게는 오래전 모습대로였다. 하얀 나무 간판에 검은색 붓글씨로 '희망 상회'라고 쓰여 있었다. 희망을 판다는 걸까, 희망을 사겠다는 걸까? 어느 쪽이 되었건 낡은 구멍가게와 희망이란 썩 잘 어울리지 않는 조합이라는 생각이 들었다.

잘못 움직이면 금세 무너져 내릴 것 같은 희망상회 쌍미닫이문을 조심스레 여닫고 전영준 씨는 안으로 들어섰다. 주인은 보이지 않았고 희망도 찾을 수 없었다. 천장에서 늘어뜨려진 알전구는 꺼져 있었는데, 투명한 유리알 속을 들여다보니 머리털보다 가는 필라멘트가 중간에 끊어져 있었다. 그래서야 불이 켜질 희망이 없었다. 실내는 별로 어둡지 않았다. 미닫이문에 박혀 있는 누런 유리창으로 들어온 햇빛이 느릿느릿 공기 중에서 헤엄치는 먼지들을 감시하고 있었고, 알전구를 매달고 있는 검은 전선줄 위로 끊어진 거미줄들이 먼지를 잔뜩 묻힌 팔목을 펄럭대고 있었다.

가게 중앙 가판대에서 전영준 씨는 지도책을 발견했다. 내비게이션이 보편화된 뒤로는 쓸모가 없어졌지만 이 마을에서는 내비게이션이 작동하지 않으니 찾는 사람이 있을 수도 있겠구나 하는 생각이 들었다. 표지는 비교적 단단했지만 속지는 맥없이 휘어졌다. 지도책을 이리저리 넘기다 전영준 씨는 문득 소녀를 발견했다. 얼마나 오랫동안 거기 서 있었는지 모르게 어두운 구석에 한 소녀가 조용히 기대 있었다. 마치 포스트잇처럼 벽에 찰싹 달라붙어 있었다. 머리에 쓴 높은 하얀색 천모자를 벗으면 소녀의 키는 한층 더 작아 보일 터였다. 은은하게 갈색기 도는 소녀의 눈이 전영준 씨를 응시하고 있었다. 당황한 기색을 감추기 위해서라도 그는 뭔가를 해야 했다,

"안녕, 나는…… 나는…… 전영준이라고 해."

"……."

소녀는 대답이 없었다.

"난…… 그냥 회사원이야…… 여기서 뭘 사려는 건 아니구……."

"……."

"근데 니가 주인이니, 여기?"

"……."

전구가 켜질 희망이 없는 희망상회에서, 희망상회의 주인이라기에는 너무 어려 보이는 소녀는 여전히 대답이 없었다. 소녀가 외국인이라 한국말을 못 알아듣는 걸 수도 있겠다는 생각이 들어 전영준 씨는 일부러 더 천천히 말했다.

"부모님은 안 계시니?"

"아저씨는 누군데요?"

낮은 목소리로 또박또박 소녀가 물었다. 그러자 희망상회의 희망 없는 사물들이 일제히 멈췄다. 먼지도, 거미줄도, 지도책 속 줏

대 없는 페이지들도.

"나? 나는…… A 제약회사 연구원이란다. 거기에서 새로운 질병을 연구하고 있어."

"오래된 질병은 연구하지 않으시나요?"

소녀다운 질문이라고 전영준 씨는 생각했다.

"오래된 질병을 연구하는 사람들은 따로 있지. 회사에는 사람들이 무지 많거든. 나는 새로운 질병만 연구한단다."

"영원히 새로운 질병만 연구하는 건가요?"

"영원히? 아마두…… 영원히는 아니겠지?"

"그럼 죽을 때까지만인가요? 아니면 새로운 질병이 오래된 질병으로 바뀔 때까지만인가요? 새로운 질병은 언제 오래된 질병으로 바뀌나요?"

전영준 씨는 대화가 의도하지 않은 방향으로 흘러가고 있다는 걸 깨달았다. 이쯤에서 멈추는 게 좋겠어.

"얘, 실은 내가 오늘 좀 바쁘거든. 회사에 가야 하는데 길을 잘못 드는 바람에 길을 잃었어. 벌써 지각일지도 몰라. 지각이 무슨 뜻인지는 알지?"

"길을 잘못 들면 당연히 길을 잃는 거 아닌가요?"

묘하게 설득력이 있는 얘기였다.

"그렇지…… 그렇긴 한데, 길을 잘못 들긴 했는데…… 첨부터

115

길을 잘못 들려고 그랬던 건 아니었거든."

"그럼 왜 길을 잘못 든 거죠, 처음부터 그럴려고 했던 게 아니라
면요?"

아니야, 이건 정말 아니야. 입을 다물고, 소녀의 설득력 있는 질
문들을 싹 무시하고, 떠다니는 먼지를 한 움큼 들이마시고, 어떡해
서든 대화의 주도권을 찾아오기 위해 전영준 씨는 결정적인 질문
을 던졌다.

"너 참 똑똑하구나, 아저씨도 그건 대답 못하겠는데…… 그런데
너 혹시, A 제약회사로 가는 길을 아니?"

"아저씨는 거기에 못 가요."

"왜 못 간다는 거지?"

"아저씨가 말한 그 회사는 이 마을에 없으니까요."

전영준 씨는 점점 더 소녀의 말을 이해할 수가 없었다.

"게다가, 아저씨는 이 마을 사람이 아니잖아요."

그게 무슨 상관이람, 하마터면 전영준 씨는 그 말을 입 밖으로
낼 뻔했다. 어쨌든 전영준 씨는 회사에 꼭 가야만 했고, 낯선 마을
에서 처음 만난 이 소녀의 도움이 필요했다. 전영준 씨는 지도책에
서 이 마을이 있을 것으로 여겨지는 부분을 펼쳐 소녀에게 보여주
며 다시 물었다.

"너 지도책 볼 줄 알지?"

"네."

"그럼, 지금 내가 있는 데가 대략 어디지?"

"아저씨는 이 마을 사람이 아니잖아요. 그러니까 그 지도책 안에는 없죠."

역시 소녀답게 명쾌한 답이었지만 전영준 씨도 물러날 생각이 없었다.

"니 말을 따르자면 이 지도책 안에는 이 마을 사람들만 있다는 거구나, 그렇지?"

"네."

"그러면 여기서 말야, 너는 지금 어디 있니?"

소녀는 이제야 말이 통한다는 듯, 한 치의 주저함도 없이 지도 위 한 점을 짚었다. 소녀의 오른손 검지에는 손톱이 없었다. 전영준 씨는 얼른 시선을 거둬 천장을 바라보았다. 뭉게구름을 닮은 검은 얼룩이 천장을 가득 채우고 있었다.

"그…… 그렇구나. 고마워…… 잘 알겠어."

전영준 씨가 돌아서려는데 뜻밖에 소녀가 말을 걸어왔다. 구석에 찡겨 있는 소녀의 존재를 처음 알아챘을 때의 그 표정에서 아무것도 더해지지 않았고 아무것도 사라지지 않았다.

"걱정 마세요. 아저씨는 절대로 지각하지 않을 거예요."

"그걸 어떻게 알지?"

"아까도 말했잖아요. 아저씨는 이 마을 사람이 아니니까요."

전영준 씨의 조바심이 인내심을 꺾었다. 인사를 하는 둥 마는 둥 미닫이문 밖으로 나와 오늘의 태양에 달궈진 자동차의 시동을 걸었다.

소녀가 틀렸다. 어림짐작으로 한 5분 정도 운전을 했을까, 전영준 씨는 소녀의 단호한 예언과 달리 A 제약회사 정문에 도착했다. 소녀는 가게가 있던 곳을 전영준 씨에게 정확히 알려준 셈이었다. 소녀의 손톱 없는 검지가 짚은 곳으로부터 남남서 쪽으로 대략 3킬로미터, 그 언저리에 회사가 있었다. 지각이야 지각, 지각이라구. 초조한 전영준 씨의 마음을 모르는지 회사 정문을 막고 작은 공사가 한창이었다. 입구를 가로막은 트럭에는 뿌리를 짚단으로 싸맨 나무가 한 그루 실려 있었고, 무채색 작업복을 맞춰 입은 남자 셋이 자신들의 키를 훌쩍 넘는 나무를 트럭에서 내리느라 분주했다. 벌써 출근 시간에서 30분은 지났다. 전영준 씨는 회사 정문 근처에 대충 차를 세우고 주차장으로 달렸다.

평소라면 빈자리 없이 북새통일 주차장에 차가 몇 대 보이지 않았다. 전영준 씨는 초등학교 저학년 때 누나에게 속아 일요일 아침 혼자 텅 빈 학교에 책가방을 둘러메고 등교했던 일을 떠올렸다. 오늘이 휴일인 건 아니겠지. 그러고 보니 차량의 대수가 적기도 했지만 주차장 자체도 훨씬 협소해 보였다. 전영준 씨의 눈에는 모든 게 뭔가 미묘하게 조금씩 달라 보였지만, 딱 이게 이렇게 다르다고 집어내지 못했다. 그게 중요한 건 아니잖아. 지각이란 말이야 지각. 하기는 그런 중요하지 않은 생각에 매달려 있을 때가 아니었다.

전영준 씨는 자신의 자리가 있는 2층 사무실로 계단을 두세 단씩 경중경중 뛰어올라갔다. 뛰는 도중 계단 난간 손잡이가 달라졌다는 걸 알아챘다. 바쁘고 초조한데도 그런 시시한 풍경의 파편들이 날벌레처럼 자꾸 눈으로 날아들었다. 어제까지는 분명, 은색 금속 손잡이였는데 오늘 아침에는 칠이 드문드문 벗겨진 검은색 나무 손잡이였다. 모든 게 조금씩 낡아지는 새로운 질병에 걸린 것 같았다. 아니면 내가 너무 새롭거나. 모든 게 조금씩 이상했지만 전영준 씨는 멈출 수가 없었다. 지각, 지각, 지각, 지각이라구.

전영준 씨의 직속상사인 차 과장은 다행히 자리에 없었다. 하지만 자기 자리에 다른 사람이 앉아 있었다. 입사 동기인 노무관리팀 민호진 대리였다. 처음에는 어려 보여 민 대리인 줄 한눈에 못 알아봤는데 특유의 표정이 곧 얼굴에서 튀어나왔다. 특별히 잘못한 것도 없는데 입사 때부터 주욱 그냥 미운 사람이었다. 전영준 씨가 가쁜 숨을 몰아쉬며 자리로 뛰어들자 그는 여유롭게 의자를 돌려

양손을 벌리면서 무엇을 도와줄까 하는 표정을 지었다. 전영준 씨는 그런 과장스러운 몸짓이 싫었다. 어쨌건, 전영준 씨는 소녀의 장담과는 달리 이미 30분 넘게 지각을 했고 자신의 자리를 부당하게 점유한 민 대리의 고약한 장난에 맞장구나 쳐주고 있을 시간이 없었다. 들고 있던 가방을 난폭하게 자신의 자리에 내팽개치고 실험실이 있는 지하로 달렸다. 등뒤에서 민 대리가 소리를 질렀는데, 잘 알아듣지 못했다. 누군가의 이름을 불렀던 건 같은데 전영준 씨 자신의 이름이 아닌 것만은 확실했다. 누구 이름이든 무슨 상관이겠어, 내 이름만 아니라면. 지각, 지각이잖아, 늦었다구.

지하 2층 동물실험실 입구도 알아보기 힘들 만큼 변해 있었다. 동물실험실에서 상시 착용해야 하는 무균 가운은 원래 공용 자외선 소독 옷장에 보관하는 것이 규정이었는데, 오늘 아침에는 자외선 옷장이 있던 곳에 대신 철제 캐비닛이 놓여 있었다. 꼼꼼히 살펴봤지만 전영준 씨의 이름표가 달려 있는 개인사물함은 아예 없었다. 어젯밤 불시에 예고되지 않은 공사라도 있었던 모양이었다. 전영준 씨는 민호진이라는 이름표가 달려 있는 사물함을 열고 지저분한 무균 가운을 찾아 걸쳤다. 복수다.

동물실험실은 더더욱 산 넘어 산이었다. 실험용 쥐들이 특수 멸균 플라스틱 투명 바구니 대신 새장 속에 가두어져 있었다. 새장 속에 쥐를 넣어두다니, 다들 미쳤나 봐. 전영준 씨는 Tom이란 이름의 생후 십칠 개월짜리 회색 쥐를 찾아 개발 중인 신약을 투여해야 했다. Tom에게 주사를 놓는 것, 그게 전영준 씨가 오늘 회사에서 해야 할 일의 전부였다. 24시간마다 규칙적으로 반복해야 되는 일인데 이미 정해진 투약 시간보다 10분은 족히 늦어져 있었다. 일련번호도 없는, 거의 백 개에 달하는 새장 속에서 Tom이라고 이름 붙은 발찌를 차고 있는 쥐 한 마리를 찾아내는 건 붉은 철사와 녹슨 못으로 만든 인내심이라도 가지고 있어야 가능한 일이었다. 그때 등뒤에서 문 열리는 소리가 났다.

"강대형 씨, 지금 여기서 뭐 하시는 거예요?"

전영준 씨는 들고 있던 쥐 한 마리를 새장에 돌려놓고 새장의 걸쇠를 내리고 천천히 돌아보았다. 한 여자가 서 있었다. 강대형? 처음 보는 여자였다. 예뻤다. 왜 이 여자는 나를 보고 강대형이라고 부르는 거지? 그러고 보니 얼굴이 눈에 익은 듯도 했다.

"강대형 씨, 오늘부로 모든 실험은 토끼로 진행하라고 소장님이 지시하셨잖아요. 설마 잊어버리신 건 아니겠죠?"

그때 모든 것이 기억났다. 그러자 모두 자연스러워졌다. 강대형. 낯설고 조금씩 어긋나 있다고 불평했던 모든 게 그제야 죄 수긍이 갔다. 아무것도 어긋나 있지 않았다. 시간 속에 잘못 놓여 있었던 건 바로 나였다. 희망이 없다는 장담은 어리석었다. 강대형, 그게 내 이름이었다. 아니, 내 이름이다, 여기 이 마을에서.

나는 지금 Jane이란 이름의 토끼를 찾아 지하 3층으로 내려간다.

고해성사

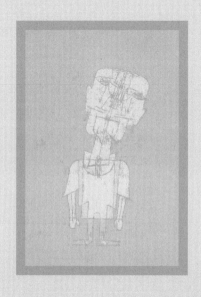

왕의 시종이 있어. 지금 벌을 받아서 감옥에 갇혀 있지. 재판은 다음주
수요일에나 열릴 거야. 당연히 범죄는 가장 나중에 저질러지지 .
— 루이스 캐롤

드르륵. 엽서만 한 크기의 나무문이 위로 열렸다. 문 앞에 덧대어진 얇은 나무판에는 십자가 모양의 작은 구멍들이 촘촘히 나 있다. 그 뒤편 풍경은 확실치 않다. 갑자기, 윤곽이 불분명한 어둠이 작은 구멍들을 듬성듬성 메운다.

"성부와 성자와 성령의 이름으로."

"아멘."

"하느님의 자비와 은총을 굳게 믿으며 그동안 지은 죄를 뉘우치고 사실대로 고백하십시오."

"아멘."

"마지막으로 고백하신 게 언제입니까?"

"일 년, 아니 이 년쯤 됩니다."

"죄를 고백하십시오."

"저…… 신부님."

"네, 말씀하십시오."

"제가 여기서 말씀드리는 게…… 비밀이 다 지켜지는 건가요?"

"네, 그렇습니다. 제가 여기서 들은 건 어디서도 다시 발설할 수 없습니다. 지금 형제님은 제가 아니라 하느님 앞에서 죄사함을 위해 자신의 죄를 고백하는 것입니다."

"네 잘 알겠습니다. 그럼 지금부터…… 제 죄를 고백하겠습니다. 저는…… 저는 곧 어머니를 살해할 겁니다."

"다시 한 번 말씀해 주시겠습니까?"

"어머니를 살해한다구요. 모친 살해. 빠르면 내일이 될 수도 있습니다. 질질 끌 생각은 없습니다."

"그렇다면…… 아직은 어머니께서…… 살아 계신 겁니까?"

"네, 그렇습니다. 아직은 살아 계십니다. 그렇지만…… 전 이미 마음을 굳혔어요. 오랫동안 생각한 겁니다. 몇 날 몇 밤을 고민해서 이게 최선의 길이라는 결론을 어젯밤에 내렸습니다. 그리고 일어나자마자 신부님한테 고백을 하러 온 거구요."

"왜 어머니를…… 꼭 그렇게…… 하셔야만 하는 겁니까?"

"이야기가 좀 깁니다만…… 신부님, 제 얘기를 들어주시겠습니까?"

"오늘 제 시간이 형제님을 위해 바쳐지는 게 주님의 뜻인가 봅니다. 뜻대로 편안히 말씀하십시오."

"감사합니다. 제 소개부터 하겠습니다…… 저는…….."

"잘 아시겠지만 제가 형제님이 누군지 꼭 알아야 하는 건 아닙니다."

"아 네, 그렇지요. 저는…… 고등학교 3학년입니다. 외아들이라 우리 가족은 엄마와 아버지 그리고 저까지 모두 셋뿐입니다. 아버지는 지방에서 크게 사업을 하셔서 잘해야 일주일에 한 번 정도밖에는 집에 안 들어오십니다. 거기에 뭐, 제가 불만이 있는 건 아닙니다. 불만이 있다면 엄마 쪽이겠죠. 아버지는 저나 엄마에게는 별 관심이 없습니다. 관심이 있다면 오로지 돈일 겁니다. 아버지한텐 유일신 같은 존재죠. 다시 말씀드리지만 뭐 딱히 불만이 있는 건 아닙니다. 어쨌건 쇳복 있는 아버지를 둔 덕에 돈 걱정이나 미래 걱정 같은 건 안 하고 살고 있으니까요. 엄마는 마흔이 훌쩍 넘은 나이에도 여전히 아름답지만 세상 물정이라곤 도통 모르는 분이십니다. 요리를 하거나 빨래를 하거나 카드를 긁을 줄은 알지만, 그 밖에는 완전히 젬병이죠. 실용적인 구석이라고는 눈곱만큼도 없는 양반입니다. 그런데 지지난달부턴가 엄마가 평소하고 좀 많이 다르다는 걸 깨달았습니다. 안 하던 치장도 하고 늦게 들어오기두 하고 그리고 혼자 방에서 울기도 하고…… 신부님, 듣고 계십니까?"

"네, 잘 듣고 있었습니다."

"여긴 하두 조용해서…… 벽을 보고 얘기하는 느낌이 들어서요. 하여튼 나중에 확인해 보니…… 엄마는 부정을 저질렀습니다."

"부정이라고 말씀하셨습니까?"

"창피한 얘기지만…… 엄마에게 남자가 생겼습니다. 엄마의 유일한 취미가 아마추어 오케스트라에서 오보에를 부는 겁니다만, 거기서 첼로를 연주하는 남자하고 관계를 가진 것 같았습니다. 그쪽도 유부남이구요. 낌새가 이상해서 일기도 훔쳐보고 메일이나 핸드폰도 탈탈 털어봤더니 그림이 쫙 나왔습니다. 평생 비밀 같은 건 가져본 적이 없던 건지, 아니면 상상력이 빵인 건지, 비밀번호는 죄다 제 생년월일이었습니다, 참 나. 뭐 둘 다 비난은 받아야겠지만 처음에는 남자가 작정을 하고 덤빈 것 같았습니다. 첫 번째…… 첫 번째 관계는 거의 반강제적이었던 걸로 보입니다. 한 달 정도 관계를 가진 후에 엄마가 관계를 끊기로 결심하고 메일을 보냈습니다, 남자한테. 진지하게 우리의 잘못된 관계를 여기에서 접자던가 뭐, 그렇게 구질구질. 마치 답을 길게 써야 점수를 더 받는 시험 답안지처럼 이 관계를 유지하면 안 되는 이유를 시시콜콜 늘어놓았더랬습니다. 참, 엄마스러운 일이죠. 일기장에 보니까 엄마

128

도 이 성당에서 고해성사를 봤다고 했습니다. 혹시 신부님이……
아, 맞다, 그 얘긴 하면 안 되는 거라셨죠?"

"네, 그렇습니다."

"죄송합니다. 잠시 깜박했네요. 근데 이 새끼가, 아 죄송합니다,
신부님, 생각만 해도 너무 화가 나서요. 이 자식이, 그때까지만 해
도 손가락 까딱만 해도 별도 달도 다 따줄 것 같던 놈이 싹 돌변해
서 그럴 수는 없다, 관계를 끊자 하면 남편하고 주변 사람들한테
다 알리겠다, 사진이나 동영상 같은 것도 있다, 한번 퍼지면 니 인
생도 끝장이다, 그렇게 협박을 해왔습니다, 그 씨…… 그놈이 말입
니다. 백 퍼센트 구란 것 같은데, 엄마는 그만 완전히 공포에 질려
버렸습니다. 지난주부터는 일기장에 자살이란 단어가 나오기 시작
했습니다. 거짓말로 꾸며낸 유서를 쓰고 자살을 하면 모든 게 조용
히 마무리지어질 거라나요? 제가 엄마를 잘 아는데 허튼소리 같진
않습니다. 참 나약해 빠진 생각이긴 한데, 관계를 유지하자니 양심
에 걸리구, 어쩌면 조금이라도 씌어 있었을 콩깍지두 그 자식이 본
성을 드러낸 후에는 깨끗이 벗겨진 것 같구, 그렇다고 관계를 끊자
니 소문을 다 낸다니까 아버지와 날 볼 낯도 없구. 지금까지 온실
에서만 자라서 그런지 엄마는 한 번도 그렇게 곤란한 상황에서 무
언가를 스스로 선택해 본 적이 없는 것 같습니다. 자살을 선택하려
는 마음도 한편으로 이해는 가고, 최악의 상황에 아버지가 어떻게

나올지 그려보면 차라리 그게 낫겠다 하는 맘도 듭니다."

"본인은요? 본인한테는 그게 어떤 의미입니까?"

"저만 생각하면…… 어머니가 없어지면 여러 모로 불편하겠죠. 학교에서 보는 눈도 곱지 않을 겁니다. 그리고 무엇보다 전 엄마를 좋아합니다. 이렇게 맹한 구석이 많긴 하지만 될 수 있으면 오랫동안 같이 살고 싶습니다. 그치만 그건 다 이기적인 생각이고, 엄마 처지를 객관적으로 뜯어보면 자살만이 엄마가 유일하게 고를 수 있는 길인 것 같기도 합니다."

"하지만 자살은 또 다른 씻기 힘든 죄입니다."

"네, 바로 그게 문젭니다, 엄마한테는 말이죠. 자살 쪽으로 마음을 어느 정도 굳히신 듯은 합니다. 어제 보니 일기장 사이에 유서도 써놓으셨더라구요. 그런데 어머니도 독실한 신자십니다. 이미 간음하지 말라는 십계명을 어긴데다가 이번에는 성당에서 질색하는 자살까지…… 그게 엄마의 딜레마일 겁니다. 살자니 당신과 당신의 피붙이에게 치욕뿐이요, 스스로 목숨을 끊자니 지옥불이 기다리고. 그래서 제가 도와드려야겠다고 결심했습니다."

"도와드리겠다는 게……."

"궁지에 몰리면 평범한 사람도 초인적인 힘을 발휘한다잖습니까? 평소라면 병원도 혼자 못 갈 것 같던 엄마가 무슨 거짓말을 했는지 벌써 수면제 처방까지 다 받아놓으셨습니다. 근데 글쎄 그걸 삼키질 못하는 겁니다. 자살이란 대죄가 두려운 거죠. 그래서 제가 보내드릴려구 합니다. 그런 다음 자살로 꾸밀 생각입니다. 구체적으로 말씀드릴 순 없지만 어떻게 자살로 위장할지 계획도 다 세웠습니다. 어차피 마음도 먹으셨구 유서도 써놓으셨구, 결과야 똑같지만 제가 보내드리면 엄마의 죄는 없어지는 거 아닌가요? 사람들은 몰라도 하느님은 엄마가 자살하지 않았다는 걸 아시겠죠. 엄마의 죄를 제가 대신 지려는 겁니다. 여기까지가 제 죄입니다. 이제 제 모든 고백을 마쳤습니다. 신부님, 그럼 이제 제 죄가 다 사라지는 겁니까?"

"고백은 잘 들었습니다. 하지만 저는 형제님의 그 죄를 사할 수가 없습니다."

"왜죠? 어떤 죄든 진정으로 고백하기만 하면 하느님으로부터 다 용서받을 수 있는 게 아닙니까? 그런 게 고해성사잖아요."

"형제님의 고백은 두 가지 이유 때문에 진정한 고백이 될 수 없습니다."

"저로선…… 저로선 이해가 안 갑니다. 그 이유란 게 대체 뭐죠?"

"우선, 형제님의 고백은 이미 저지른 죄에 대한 고백이 아니라, 저지를 죄에 대한 고백입니다. 고백이 진정한 고백이 되려면 우선 저지른 죄에 대한 고백이어야 합니다."

"그건 제가 도저히 받아들일 수 없는 이유네요. 저는 신부님의

131

말에 절대 동의할 수가 없습니다. 신부님, 신부님은 사람이 언제 가장 큰 죄책감을 느낀다고 생각하십니까?"

"올바르게 신을 따르는 자라면 늘 죄책감 안에서 살게 됩니다."

"아니요, 그건 답이 될 수 없습니다. 아시겠지만 그게 바로 키에르케고르가 그리스도교에 대해 정확히 지적한 바였습니다. 그리스도교는 모든 인간을 신 앞에 선 하나의 개체로 만들고 그리고 다시 죄인으로 만든다구 했지요."

"그래도 운명할 때까지 키에르케고르는 독실한⋯⋯."

"말을 끊어서 죄송한데, 우리가 여기서 키에르케고르의 종교관에 대해 논의하려는 건 아니지요. 저는 죄책감에 대해서 묻고 있었습니다. 하나의 죄와 그에 상응하는 죄책감에 대해서 말입니다. 특히 그 선후 관계에 대해서요. 많은 사람들은 죄책감이 죄가 저질러진 후 비로소 마음속에 나타나는 현상이라 생각하지만 제 생각은 다릅니다. 오히려 죄책감이 죄보다 먼저인 거죠. 프로이트나 니체도 비슷한 주장을 펼쳤습니다, 죄가 저질러지기 전에 죄책감이 먼저 있었다고. 태초에 죄책감이 있었던 겁니다. 또 아주 자주, 그 죄책감이 죄를 만들기도 합니다. 신부님도 한번 생각해 보세요. 어떤 죄를 저지르기 직전인 사람, 어떤 죄를 계획하고 있는 사람, 어떤 죄의 유혹에 흔들리고 있는 사람, 바로 죄책감은 이런 사람들 안에서 자라나는 존재입니다. 다시 말하지만 죄책감은 **저지른** 죄에서 오는 것이 아니라 **저지를** 죄에서 오는 겁니다, 그러니까 고백도 죄를 짓기 전에 해야 하는 거구요. 실제로 행해진 죄가 아니라 아직 마음에만 품은 죄로부터 시작된 고백이 가장 참된 고백입니다. 죄를 짓고 나면요? 죄를 짓고 난 다음에 우리한테 찾아오는 감정은 죄책감처럼 숭고한 게 아닙니다. 기껏해야 지은 죄를 후회하거나, 더 저급하게는 공포가 다입니다. 정부나 아니면 신으로부터 받을 처벌에 대한 공포. 죄를 저지르고 난 다음에 하는 고백은 그래서, 후회나 공포를 감소시키기 위한 얄팍한 계산에서 나온 저열한 행위에 불과합니다."

"형제님의 말씀에는 일면 타당성이 있습니다. 형제님의 사상에 전적으로 동의하는 건 아니지만 진심으로 감탄하고 있습니다. 하지만 여전히 형제님의 고백은 진정한 고백이 될 수 없습니다. 왜냐면…… 형제님이 고백한 죄는 그럴싸하게 들리지만 실은 모두 꾸며낸 것이기 때문입니다……. 형제님은 여기에 죄를 고백하러 온 게 아니라 저를 또 교회를 또 하느님을 시험하러 온 것입니다. 그래서 오늘 형제님이 여기서 지은 유일한 죄는 거짓말입니다. 이게 형제님의 고백이 진정한 고백이 될 수 없는 두 번째 이유입니다."

"도대체…… 도대체 어떻게 아신 거죠? 저는…… 저는…… 제 얘기서 아무런 결함도 찾지 못할 거라 생각했는데."

"거기에도 두 가지 이유가 있습니다. 첫째로, 형제님은 저지를 죄에서 비롯되는 죄책감에 대해서 이야기하셨지만, 정작 자신이 저지를 죄에 대한 고백 속에는 일말의 죄책감도 없었습니다. 거기에 있던 건 그저 자신이 꾸며낸 이야기에 대한 일종의 비뚤어진 자부심뿐이었습니다. 그 오만의 징후가 형제님의 고백이 거짓이라는 걸 웅변해 주었습니다."

"그건 생각 못했네요. 제 불찰입니다."

"그리고 형제님은 그리스도교를 그리고 가톨릭을 잘 아는 것처럼 이야기하셨습니다. 십계명도 말씀하셨고 죄책감도 거론하셨고 자살에 대해서도 이야기하셨습니다. 하지만 큰 실수를 하셨습니다. 가톨릭을 믿는 사람들은 형제님처럼 행동하지 않습니다. 형제님은 어머니의 죄를 대신하기 위해서 자신이 죄를 저지르겠다고 하셨지만, 그건 제가 들었던 이야기 중에 가장 비(非)가톨릭적인 이야기입니다. 저희들은 기껏해야, 기도를 할 뿐이지요. 남의 죄를 없애기 위해서 자신이 죄를 저지른다는 건, 그 옳고 그름을 떠나, 가톨릭의 사고방식이 아닙니다. 저희는 예수 그리스도만이 타인의 죄를 대신할 수 있다는 걸 믿고 있습니다. 저희들의 능력은 그야말로 미천합니다. 저희의 혈관에는 속속들이 죄책감이 흐르고 있습니다. 이 죄책감은 형제님의 말처럼 죄보다 어쩌면 더 오래된 것인지도 모릅니다. 이 죄책감은 우리의 약함을 보여주는 징표이고, 해서 우리는 주제넘게 타인을 구원할 수 있다고 믿지 않습니다. 우리가 믿는 것은 우리의 죄와 우리의 기도가 가진 아주 작은 힘과 그와 대조되는 예수 그리스도의 권능함뿐입니다."

"네…… 좋은 말씀 잘 들었습니다. 공부가 많이 부족했습니다."

"자, 그럼. 이제 다시 자신의 진짜 죄를 고백하시겠습니까?"

역전 광장

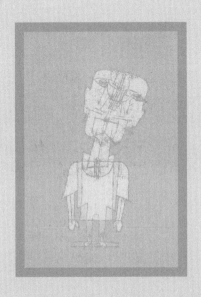

나는 시간을 지킬 수가 없다.
왜냐하면 기다리는 고통을 느끼지 못하기 때문이다.
— 프란츠 카프카

J가 약속 장소에 도착한 것은 오후 3시였다. 약속 시간까지 아직 한 시간이 남아 있었다. J는 장갑을 끼지 않고 나온 것을 후회했다. 바람은 차가웠고 누런 태양은 느릿느릿 회색 하늘을 가로지르고 있었다.

뜻밖의 전화를 받은 건 어젯밤과 오늘 새벽 사이였다. 작년부터 J는 보일러용 특수 노즐을 생산하는 주물공장에서 2교대 근무를 했다. 자정 즈음 공장 식당에서 줄을 서 있는데 전화가 울렸다. 지연이라고, 한동안 연락이 뜸했던 여자애였다. 마지막으로 만난 게 추울 때였던 것만은 확실한데 그게 정확히 언제였는지는 기억이 흐릿했다. 그녀는 다짜고짜 내일 4시에 만나자며 약속 장소로 역전 광장을 지정했다. J와 그녀가 거기서 만난 적이 있었는지도 확실치 않았다. 그런데 그녀는 왜 만나자는 건지 용건을 말하지 않았다.

J는 앞으로 남은 한 시간을 어떻게 사라지게 할지 막막했다. 누군가를 기다려본 게 기억나지 않을 만큼 오래전이었다.

광장은 오래된 역사(驛舍)를 지름으로 한 커다란 반원이었다. 광장 중앙에는 꼭대기로 올라갈수록 점점 뾰족해지는 오각형 기둥 모양의 대리석 시계탑이 서 있었다. 오각형 기둥 각 면에는 정사각형 시계가 표면을 파낸 원형 벽감 속에 꼭 맞게 끼어져 있었고, 아래쪽에는 기둥과 같은 재질로 된 대리석 벤치가 기둥을 빙 두르고 있었다. 벤치에 앉은 채로는 시계가 보이지 않았고 시계탑으로부터 몇 걸음 떨어져야 비로소 시계가 보였다. J는 차가운 벤치에 앉아 해독할 수 없는 문자들이 음각으로 새겨진 기둥의 표면을 쓰다듬었다.

시계탑은 이를테면 광장의 배꼽 같은 곳이었다. 그곳에서는 조금만 주의를 기울이면 역전 광장으로 드나드는 사람들의 얼굴을 일일이 확인할 수 있었다. **그치만 내가 그녀의 얼굴을 알아볼 수 있을까?** 얼굴을 알아볼 수 있을지 J는 자신이 없었다. 전화를 받았을 때 J는 단번에 그녀의 목소리를 알아들었다. 귀로 알아본 사람은 눈으로도 바로 알아볼 수 있을 거라 J는 희망적으로 생각하기로 했다.

귀에 거슬리는 높은 음으로 시작했다가 불쑥 끊기고 마는 기차의 기적 소리가 들렸다. 누군가의 출발을 알리는 불길한 신호였다. J는 무의식중에 손목시계를 확인했다. 기다린 지 채 30분도 지나지 않은 시각이었다. J는 가방을 열어 준비해 온 카스텔라와 우유를 먹기 시작했다. 좀 이르기는 했지만 약속 상대가 본다면 곤란할 수도 있어 J는 서둘렀다. 광장을 거칠게 포복하는 차가운 바람에 흙먼지가 날려 J는 카스텔라를 손으로 가렸다. 날지 못하는 새를 닮은 흙빛의 낙엽들도 멀리 가지 못하고 제자리서 거푸 푸드덕댔다. 근처에 나무가 보이지 않았기 때문에 J는 도대체 낙엽들이 어디에서 온 건지 궁금했다.

카스텔라는 퍽퍽했고 태양은 무기력했고 바람은 난폭했고 뜻밖의 약속을 제안한 여자애의 얼굴은 점점 희미해졌고 낙엽들은 의심스러웠고 J는 조금씩 불안해졌다. 광장 건너편, 반원 저편에 한 줄로 늘어선 가겟집들의 간판을 J는 무작정 눈으로 좇았다. 거기에는 정말, 아무 뜻도 심오한 원리도 숨겨진 비밀도 없는 것 같았다. 자신이 무엇을 찾고 있는지 또 무엇을 기대하는지 J는 몰랐다. J가 모르면 아무도 모를 터였다. J는 그가 만나기로 한 사람의 얼굴은 잊는다 해도 자신이 무엇을 기다리는지만큼은 잊지 말아야겠다고 마음먹었다.

더 이상은 안 돼.

정확하지는 않았지만 그와 비슷한 말소리가 들렸다. 음절과 음절 사이의 거리가 멀고 높낮이의 변화가 거의 없고 받침의 발음이 불분명한 목소리가 들렸다. 주위를 살피다 J는 그 목소리의 주인이 한 마리 비둘기인 것을 알았다. 목에 흰 깃털이 듬성듬성 섞여 있는 잿빛 비둘기였다. 시계탑 근처에는 J와 비둘기, 그렇게 둘뿐이었다.

더 이상은 안 돼. 용서받을 수 없어.

의심의 여지가 없었다. 광장 바닥 낙엽이 덮여 있지 않은 공간을 비둘기는 부리로 쪼다가 문득 고개를 들어 J와 눈을 맞췄다. 그러고는 다시 한 번 또박또박 말했다. J는 마치 명령이라도 받는 느낌이었다. 지시를 내리는 비둘기의 눈은 유리알처럼 말갰다. 영혼이 없어 보이는 눈이었다. **비둘기에게도 영혼이 있을까?** J는 벤치에서 일어나 비둘기를 따라갔다. 한 걸음 내디딜 때마다 비둘기의 목이 부자연스럽게 움직였다.

잿빛 비둘기는 J를 반원의 끄트머리로 데려갔다. 역사 뒤편으로 이어지는 누추하고 그늘진 골목길이었다. 거기서 비둘기는 예정이라도 한 듯 멈췄고 J의 존재는 아랑곳없이 다시 컴컴한 바닥을 쪼기 시작했다. 바닥은 아팠고 마술은 끝났다. 더 이상 비둘기는 말하지 않았고 한참 후 J가 가까스로 용기를 내 무엇이 더 이상 안 된다는 것인지 물어보려는 찰나, 비둘기는 기적 소리도 없이 공중으로 출발했다.

마술은 끝났고 황급히 J는 시계탑으로 돌아왔다. 4시 10분이었다. 약속 시간은 이미 지났다. 두꺼운 점퍼를 입은 노인 하나가 벤치에 앉아 있을 뿐, 기다리던 지연은 역전 광장 어디에도 보이지 않았다. J가 말하는 비둘기를 따라 자리를 비운 사이 그녀가 약속 장소로 왔다가 그가 없자 실망하고 돌아갔을 가능성을 배제할 수 없었다. 사람들이 얼마나 쉽게 실망하는지 J는 수많은 경험을 통해 잘 알고 있었다. 물론 단순히 약속 시간에 늦는 것일 수도 있었다. 사람들이 얼마나 쉽게 약속 시간에 늦는지 J는 역시 잘 알고 있었다. 다시, J는 기다리기 시작했다.

5시를 알리는 다섯 번의 종소리가 울렸다. 그런데 종이 보이지 않았다. 시계탑 아래 광장 땅속으로부터 울려오는 것 같았다. 차츰 J는 지연과의 약속 시간이 정말 4시였는지 확신할 수 없게 되었다. 짝수였던 것만은 틀림없었다. 그렇다면 4시나 6시 둘 중의 하나란 얘기였다. **5시만은 배제할 수 있어, 그것만은 틀림없어.** 하지만 기다림이 계속될수록 점점 틀림없는 것들이 희박해졌다. J는 그녀가 왔

143

다가 돌아갔을 경우와 그녀가 아예 오지 않았을 경우를 여러 가지 변수들과 함께 면밀히 비교했다. 결론은 쉬이 나지 않았고 그 와중에도 하늘은 눈에 띄게 어두워져 갔다. 모든 게 비둘기 탓이라는 생각이 들었다. 말하는 비둘기를 만나지만 않았더라도 상황은 더 단순해졌을 터였다.

그리고 6시가 지났다. 땅속에서 울리는 여섯 번의 종소리가 끝나자마자 J는 전화기에 남아 있는 번호로 전화를 걸었다. 지연은 전화를 받지 않았다. **꼭 올 거야.** 하지만 J의 다짐과는 달리 이제는 아무도 오지 않았다. J와 약속을 한 지연도 말하는 비둘기도 오래된 가구에 난 화상 자국같이 생긴 태양도 노숙자 할아버지도 아무도 돌아오지 않았다. 바람만이 이리저리 할퀴고 다니는 역전 광장의 오후 6시에 J는 혼자였다.

아까부터 J를 괴롭히던 또 하나의 가능성이 있기는 했다. 지연의 전화를 받은 게 대략 자정 무렵이었고 그때 지연은 '내일' 4시에 보자고 말했으니 엄밀히 말하자면 그 내일이라는 게 지금일 수도 있었고, 아니면 다시 24시간 뒤인 내일일 수도 있었다. 후자라면, 그녀가 '오늘' 나타나지 않는 게 이상한 일이 아니었다. 비둘기역시 J의 비난으로부터 자유로울 수 있었다.

J는 틀림없는 것들이 자꾸 사라지고 대신 가능한 것들만 꾸준히 늘어난다는 인상을 받았다. 하늘은 이제 칠흑같이 어두웠다. 틀림

없는 것들과 가능한 것들 사이를 표류하다가 J는 벤치에서 깜박 잠이 들었다.

　짧은 꿈에서 J는 기차 안에 있었다. 낮에 역전 광장에서 들었던 기적을 울렸던 기차였다. 창틀은 밝은 주황색이었다. J는 기차 안에서 여자를 만났다. 여자는 객석에 앉아 있고 J는 통로에 선 채였다, 마치 검표원처럼, 그러나 검표원 모자를 쓰고 있지는 않았다. J는 여자에게 약속 시간에 나타나지 않았다고 사납게 비난을 퍼부었는데, 실은 화가 많이 나 있던 게 아니라 J의 비난은 뒤로 갈수록 점점 쑥스러워졌다. 여자는 그건 사실과 다르며 자신은 약속 시간에 거기에 분명히 있었고, 오히려 나타나지 않은 건 J라는 어이없는 주장을 펼쳤다. 그리고 증거를 보여주겠다며 커다란 분홍색 여행가방을 그 자리서 열고 짐을 뒤지기 시작했다. J는 우연히 객차와 객차를 연결하는 문 근처에서 비둘기를 발견했다. 역전 광장에서 만났던 목에 흰털이 난 말하는 비둘기였다. 비둘기는 벼루에 먹을 갈아 붓글씨를 쓰는 중이었다. 하얀 종이 위에 세로로 '더 이상'까지 쓰던 참에 J와 다시 눈이 마주쳤다. 얼른 눈길을 거두기는 했지만 비둘기는 그닥 붓글씨에 정성을 쏟는 것 같지 않았다. 오히려 J와 여자의 대화가 끝나기만을 기다리는 눈치였다. 뭔가 J에게 긴한 용건이 있는 듯했다. J는 다시 여자 쪽으로 주의를 돌렸는데 객석은 이미 비어 있었다. 여행가방 안에는 가장자리가 날카로운 낙엽들이 가득했다.

그리고 J는 짧은 꿈에서 깨어났다. 간신히 뜨인 눈꺼풀 사이로 환한 햇빛이 집요하게 비집고 들어왔다. 잠에서 깬 직후라 그런지 모든 게 지나치게 환했다. 마침내 J는 역에서 시계탑 쪽으로 걸어 오고 있는 여자 한 명을 보았다.

4시 37분의 결함

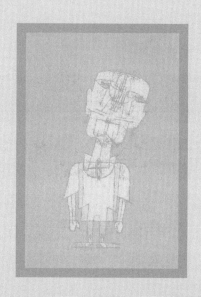

시계를 보았다. 9시 반이 지난. 그건 참으로 바보 같고 우열한 낯짝이 아 닌가. 저렇게 바보 같고 어리석은 시계의 인상을 일찍이 한 번도 경험한 일이 없다.

— 이상(李箱)

나는 7시 20분보다 4시 37분을 좋아한다.

혹 7시 20분이 상처받을지 몰라 한 번도 다른 사람들 앞에서 속내를 드러내지 않았다. 하기는 7시 20분이나 4시 37분 모두 그런 데에는 초연해 보인다. 다른 사람들이 자신을 놓고 이러쿵저러쿵 하는 데에 연연한다면, 어찌 7시 20분이 같이 팀을 짜서 탁구 복식 경기를 하다 말고 귓속말로 같은 편인 내게 "너는 스킬은 뛰어난데 결정적으로 근성이 없어, 4시 37분에 비하면 말이지."라고 말한다거나, 4시 37분이 내 가족들 앞에서 "낯선 곳에서 길을 찾을 때는 7시 20분이 너보다 일곱 배는 더 쓸모가 있지."와 같은 말을 함부로 할 수 있겠는가?

7시 20분과 4시 37분의 무신경함을 비난하려는 건 아니다. 나는 그들이 생각을 마음속에 담아두기보다 ─ 생각이라는 게 그들 속 어딘가에 정말로 있다면 ─ 그때그때 별 주저 없이 내뱉는 성격이라는 걸 분명히 하고 싶다. 7시 20분이나 4시 37분은 그런 그들의 성격을 '솔직함'이라고 부르고 싶어할지 모르겠지만, 그걸 솔직함과 혼동해서는 안 된다. 설명하기 쉽지 않지만 그 둘은 여하간 매우 다르다. 그 둘을 혼동하는 건 물고기들과 고체 상태의 물을, 새들과 고체 상태의 바람을, 책들과 고체 상태의 침묵을 구분하지 못하는 것과 무엇이 다르겠는가? 이를테면 7시 20분은 고체 상태의 물에 가깝고, 4시 37분은 고체 상태의 바람을, 나는 고체 상태의 침묵을 닮았다.

7시 20분에게는 고약한 수집벽이 있다. 아무 쓸모도 없는 물건들을 어디서 그렇게 귀신처럼 모아들여서는 자신의 2층 다락방에다 쟁여두고 가끔 소규모 전시회를 열고는 한다. '모으기만 해서는 별 의미가 없으니까.' 7시 20분이 그답지 않게 수줍게 말한다. 기획자도, 투자자도, 큐레이터도, 장소를 섭외할 사람도, 일일이 초청자들에게 ─ 그래 봤자, 나와 4시 37분 달랑 두 명인 경우가 거지반이었지만 ─ 연락을 취한 비서도 모두모두 7시 20분이 연기하는 소규모 비공개 초청 전시회. 높지 않은 천장에 달린 전구 밑에서 문득 노랗게 밝아오는 7시 20분의 얼굴은, 이를테면 한여름 바닷가 따끔대는 태양 아래 7시 20분의 얼굴보다 20배는 더 밝은 듯하다. 물론 나와 4시 37분의 사정은 다르다. 우리는 1990년대의 달력에 열광하지 않았고, 5,734개의 빨강 크레파스에 ── 7시 20분은 그 5,734개의 빨강이 다 조금씩 미묘한 차이가 있다고 주장하며, 가장 진정한 빨강으로부터 가장 덜 진정한 빨강까지 그 5,734개의 빨강들을 줄 세워 놓았더랬다. 4시 37분은 담배를 입에 문 채 재떨이를 옮기다 하마터면 그 정신나간 빨강 벌레들을 도미노처럼 줄줄이 넘어뜨릴 뻔했다 ── 환장하지 않았고, 0.5mm 샤프심으로 만든 해외 유명 건축물들이나 정체가 불분명한 새 깃털들에도 기절하지 않았다. 7시 20분은 그의 열광과 대비되는 나와 4시 37분의 심드렁함을 견디지 못해 안절부절못했고, 우리는 그럴수록 7시 20분을 골리기 위해 주간 프로야구 일정이나 미국과 영국 간의 전쟁 소식 같은 역시 별 쓸모 없는 이야기들을 신나게 해대고는 했다.

4시 37분은 도무지 시간을 지키지 않는다. 약속 시간이 10분 정도 지나 전화를 해보면, 벌써 시간이 그렇게 되었냐고 되묻거나, 가고 있는 중이니 조금만 기다리라고 해놓고서 한두 시간 정도 늦는 건 다반사이고, 그렇게 한참 뒤에 나타나서도 미안해하는 기색일랑 찾아볼래야 찾을 수 없으니 속이 터진다. 7시 20분이 '지금이

대체 몇 시인 줄은 아는 거야?' 하고 버럭 화를 내도, 시계 한 번 들여다보고는 '응, 오늘은 50분 정도 늦었네. 미안.' 그게 다다. 그렇게 늘 늦을 거면 4시 37분은 왜 번거롭게 따로 시계를 가지고 다니는 걸까? 한 번은 셋이서 영화를 보기로 했다. 7시 20분과 4시 37분이 서로 자신이 더 좋아한다고 다투고는 했던 이탈리아 감독의 영화였는데 서너 명의 배우가 저마다 꽤 많은 배역을 일인다역으로 연기하는, 복잡하면서도 느리게 전개되는 드라마였다. 감독의 이름도 영화의 제목도 영화의 내용도 모두 잊었다, 내 취향은 아니었다는 얘기다. 아니나 다를까 상영 시간이 다 되어서도 4시 37분은 나타나지 않았다. 화가 나서 7시 20분과 나는 4시 37분에게 연락도 않고 핸드폰을 끈 채 둘이서 영화를 봤다. 두고 온 4시 37분이 맘에 걸려서 그랬는지 영화는 너무 느렸다. 중간에 잠시 잠이 들 정도였다. 영화가 끝나고 극장 밖으로 나오니, 그제서야 4시 37분이 어슬렁어슬렁 극장 앞에 나타나는 게 아닌가? 4시 37분은 태연히 이제자기가 왔으니 영화를 보자고 했고, 우리는 기가 막혀 할 말을 잃은 채 4시 37분을 따라 영화를 한 번 더 봤다. 연속으로 같은 영화를 보면서 나는 등장인물들이 각각 몇 명분의 일인다역을 하는지일일이 세어보려 시도하다 그만 다시 잠이 들었다.

7시 20분은 변덕스럽다. 적절한 비유인지는 모르겠지만 마치 거친 배를 모는 선장처럼 7시 20분은 한 곳에 오래 머무르는 것을 싫어한다. 머무르는 장소뿐만 아니다. 즐겨 신는 신발이든, 사귀는 여자든, 좋아하는 일이든, 좋아하지는 않지만 입에 풀칠을 하기 위해서 해야 하는 일이든, 규칙적으로 들르는 식당이든, 뭐든 하나에 진득하게 붙어 있지를 못한다. 지난겨울에는 마치 흑백 영화에서 튀어나온 사람처럼 검정색과 회색으로 된 옷들만 죄 두르고 다니더니, 이번 달에는 초록색으로 된 거라면 그게 뭐건 지옥에라도 찾아가서 걸쳐볼 기세다. 쓸모없는 물건을 모으는 버릇도 마찬가지다. 작년에는 전국 각지에서 모은 빨강 크레파스들로 다락이 빽빽하더니만, 올 초에 들렀더니 크레파스들은 온데간데없고, 온갖 기기묘묘한 모양의 병따개들이 발에 밟힌다. "그 정신나간 빨강 버러지들은 다 어디로 간 거야?" 놀랍게도 7시 20분은 4시 37분의 질문을 이해조차 하지 못했다. 아마도 7시 20분의 뇌에는 '좋아한다'와 '잊어버린다'라는 두 개의 회로가 연결된, 벽에 등을 붙이고 고개를 젖히고 하늘을 바라보는 기역자를 닮은 검정색 스위치가 설치되어 있어서, 귓구멍에 새끼손가락을 넣어 탈칵 스위치만 튕기면 자신이 그전까지 좋아했던 것을 간편하게 또 완벽하게 잊을 수 있나 보다. 4시 37분은 말한다. "7시 20분 쟤는 어떤 것을 선택하든 후회하지 않거든. 후회하지 않으니까 잊을 수도 있는 거야." 알 듯 말 듯하다.

4시 37분에게는 쉬이 사람들의 눈에 띄는 결함이 있다. 타인의 호기심 어린 시선을 제외하면 스스로는 생활하는 데에 아무 불편도 없다고 하니, 장애가 아니라 기형(畸形)이라 해야겠다. 하지만 눈에 띄는 기형에도 불구하고, 4시 37분은 나나 몇몇 친구로부터 넘치는 애정을 받고 있다. 나는 언젠가 7시 20분보다 4시 37분을 더 좋아하는 이유가 이 기형 때문은 아닌지, 그래서 나의 애정이라는 게 어쩌면 동정에서 시작된 건 아닌지 자문했다. "너의 장점은 타인은 속여도 스스로에게는 정직하다는 거지." 7시 20분이 내게 말한다. 역시 알 듯 말 듯하다. 어쨌건 마음속에서 들려오는 질문이라 해서 거기에 일일이 답을 해야 할 의무는 없으니까. 한편 7시 20분은, 첫눈에 반할 만큼의 외양은 아니지만 모자람 없이 번듯번듯하다. 결함이라고는 눈에 띄지 않는다. 외모뿐만 아니라 움직임도 절도 있고 시원시원해서 7시 20분은 많은 사람들의 사랑을 받는다. 4시 37분이 사람들에게서 받는 사랑이 그 폭이 좁은 대신 그 수심이 깊다고 한다면, 7시 20분이 받는 사랑은 넓고 얕은…… 이를테면 여름에 여자들이 쓰는 밀짚모자를 닮았다. 나는 밀짚모자가 잘 어울리지 않는다. 하지만 7시 20분이 자신이 받는 인기를 의식하고 그 인기를 붙들어두기 위해 뭔가 가식적이거나 어울리지 않는 행동을 하는 건 아니다. 7시 20분은 철저히 자기 중심적이다. 인기는 인기고 자신은 자신이다. 나는 그 점이 맘에 든다.

4시 37분은 분침이 기형적으로 짧다. 딱 정해진 법이 있는 건 아니지만, 대개 분침은 시침보다 1.5배 이상 길어야 한다. 그래야 시침과 분침이 쉽게 분간이 된다. 5년 전쯤에는 분침이 시침보다 두 배 이상 긴 디자인이 유행한 적도 있었다. 하지만 4시 37분의 분침은 시침에 비해 고작 7mm 정도 길 따름이다. 멀리서 한눈에 시침과 분침을 구분하기 힘들다. 확실히 그건 기형이다. 그런 결함을 늘 얼굴에 달고 다른 사람들 앞에 서야 한다는 건 분명 쉬운 일이 아닐 것이다. 원치 않은 질문을 받은 적도 많았을 것이다. 그렇지만 4시 37분은 별다른 내색을 하지 않는다. 다시 말하지만, 그건 기형일 뿐이다, 기능상의 차이는 없으니까. 그런데도 사람들은 마치 무슨 심각한 장애라도 있는 것처럼 4시 37분의 뒤에서 쑥덕댄다. 딱 한 명, 7시 20분만이 4시 37분 앞에서 그의 기형에 대해 노골적으로 말한다. "니가 분침이 너무 짧으니까, 너를 나로, 그러니까 7시 20분으로 착각하는 사람들도 있거든. 약을 먹든 운동을 하든 분침을 좀 키워봐. 쓸데없이 사람들이 너와 나를 혼동하지 않게."

작가의 말

왜?라는 질문이 닿을 수 있는 종착역은 당위이거나 존재, 둘 중의 하나이다. 돌이켜 보면 짧은 삶 내내 나는 둘 사이에서 늘 갈팡질팡하다가 어느 곳에도 제대로 도착하지 못했던 것 같다. 당위에 닿을 수 없었던 건 용기와 정열이 부족해서였고, 존재에 도달하지 못했던 건 정직성과 기억력이 부족해서였다.

시간과 기억에 대한 짧은 글들을 써 모으는 동안, 나를 포함한 몇몇 송신자로부터 다시 한 번 '왜?'라는 질문을 받았다. 한 번도 성공한 적 없는 시도지만 여기서 나는 다시 한 번 존재 쪽으로 걸어가 보려 한다. 비둘기를 만나지 않아야 할 텐데.

짧은 글을 쓸 때면 자동적으로 카프카와 보르헤스를 떠올리게 된다. 「보르헤스에 대한 알려지지 않은 논쟁」에서 나는 전작인 『키브라, 기억의 원점』에서 풀어놓으려 했던 생각을 조금 더 직설적으로, 보르헤스를 소재로 해서 새로운('새로운'이란 말은 내게 있어서 '는' 그렇다는 거다) 방식으로 재조립하고 싶었다. 형식적인-부분적인 측면에서는 로베르토 볼라뇨의 『아메리카의 나치 문학』에 빚진 바 크다.

「페스타이올로의 집」은 홍진경의 『베로니카의 수건』에 기댄 바 크다. 세검정에서 백사실 계곡으로 가는 길에 있는 작은 동네를 떠올리며 글을 썼다.

나는 책을 제외하고선 물건을 수집해 본 적이 없지만, 비슷한 물건-소재들을 집합적으로 나열했을 때 가끔은 마술적인 효과가 난다는 걸 알고 있다. 살바도르 달리의 「불꽃놀이(Tableau d'associations folles)」는 얼마나 매력적인가! 책에도 그대로 언급되어 있지만 밀로라드 파비치가 『하자르 사전』에서 고안했던 모래시계보다 멋진 모래시계들을 잔뜩 창조할 수 있을 거라고 나는 처음 생각했었다, 뻔뻔스럽게도. 숫자를 여섯 개로 한 것은 단지 일곱이라는 숫자가 꺼림칙해서였다.

나는 종종 인간이 더 완벽해지려면 기억을 잃어버려야 한다고 주위 사람들에게 주장한다. 「죄책감의 확률」은 이에 대한 이야기다. 생각이 문체와 이야기에 앞서다 보니 인형극이 되고 말았다.

자주 계단은 내게 롤랑 바르트가 『밝은 방』에서 언급한 '푼크툼'이 된다. '푼크툼'은 아마도 '왜?'에서 '존재'로 향하는 지난한-신비한-불가능한 여정을 이르는 말일 것이다. 나는 「전당포」에서 계단이 있는 멋진 장소를 창조해 내고 싶었다, 무모하게도. 창조하고 싶었으면서도 나는 니시오카 기요시의 『일본의 아름다운 계단』을 참조했다, 어리석게도. 책을 덮고 나니 내 기억 속에 어떤 사진-말도 남아 있지 않았다, 허망하게도. 창조하기 위해서 참조하는 것은, 발견하는 대신 탐구하는 것은, 피카소의 말을 빌리지 않더라도 손쉽지만 참으로 무용한 방법이다.

나는 시간과 관련된 인간의 발명품 중에 가장 매혹적인 것이 시계, 일기장 그리고 사진기라고 생각한다. 사진기에 대한 매혹적인-마술적인 이야기를 써보고 싶다는 욕심이 「마술 사진기」를 만들었다.

한동안 퇴근길에 바리케이드가 쳐져 있는, 공사가 중단된 도로가 있었다. 몇 번을 고민했지만 나는 그 별것 아닌 물리적인-상징적인 장벽을 넘지 못했다. 그 장소-상황이 「바리케이드」의 보잘것 없는 상상력을 싹틔웠다. 「바리케이드」를 쓴 후 몇 달 뒤에 공사는 끝났고 바리케이드는 치워졌고 나는 유혹 같은 건 찾아볼 길 없는 새로 닦인 길을 달려서 집으로 돌아오게 되었다.

「고해성사」는 내용과 형식적인 면에서 「죄책감의 확률」과 닮은 점이 많다. 죄책감의 시점-연원에 대한 오래된 생각이 글 전체를 끌고 갔다. 인형이 둘만 나온다는 게 「죄책감의 확률」보다 나은 점이라면 나은 점일지도 모르겠다. 내가 만난 고해성사를 집도하는 신부들 중 그 누구에게서도 나는 한줌 호기심의 흔적을 냄새 맡을 수 없었다. 내 어릴 적 죄들이 너무 시시해서 그런 건지도.

「역전 광장」은 제사(題詞)에서도 시사되었듯이 기다림에 대한 글이다. 무언가를 오래 기다리다 보면 기다림의 대상이 모호해지는데, 그 모호함을 얼버무리기-참아내기 위해서 비둘기를 동원하였다. 나는 인종주의자들이 자신의 피부색과 다른 사람들을 싫어하듯 비둘기를 싫어한다.

훌리오 코르타사르의 「드러누운 밤」을 읽은 지 얼마 되지 않은

160

즈음이었던 것 같다. 어느 날 잠자리에 누웠는데 뜬금없이 '4시 37분의 결함'이란 말이 내 머릿속으로 날아들었다. 결국 이 두서없는 짧은 글, 「4시 37분의 결함」이 글 전체의 방아쇠가 되었다. 이 글을 쓰고 나서 카프카의 「열한 명의 아들」을 다시 읽어보았는데, 뭐 카프카의 글을 읽고 나면 늘 느끼는 충동이지만, 이 글을 포함해 내가 쓴 것들을 모두 찢어버리고 싶다는 생각이 들었다. 물론 실행으로 옮기지는 않았다. 파스칼 키냐르의 「옛날에 대하여」 14장에 나온 짧막하지만 아름다운 세 개의 문장들을 허락 없이 이곳으로 옮겼다. 죄송.

보르헤스에 대한 알려지지 않은 논쟁

1판 1쇄 발행 2018년 9월 1일

지음 | 이치은
펴낸이 | 조영남
펴낸곳 | 알렙

출판등록 | 2009년 11월 19일 제313-2010-132호
주소 | 경기도 고양시 일산서구 중앙로 1455 대우시티프라자 715호

전자우편 | alephbook@naver.com
전화 | 031-913-2018, 팩스 | 02-913-2019

ISBN 979-11-89333-03-4 03810

＊ 책값은 뒤표지에 있습니다. 잘못된 책은 바꾸어 드립니다.